KB057049

2009
신춘문예 당선시집

문학세계사

2009
신춘문예 당선시집

〈시〉 강지희 김은주 민구 양수덕 이우성
임경섭 정영효 조원 최정아
〈시조〉 김보람 김영희 박성민 박솔아 배우식

2009 신춘문예 당선시집 ◆차 례◆

시조

시

신춘문예 당선 시

강지희

1963년 영천 출생
영남대 · 경주대 사회교육원 문예창작반 재학 중
2009년 문화일보 신춘문예 시 당선

jihee3302@hanmail.net

■문화일보/시

즐거운 장례식

즐거운 장례식

생전에 준비해둔 묫자리 속으로
편안히 눕는 작은아버지
길게 사각으로 파 놓은 땅이
관의 네 모서리를 앉혀줄 때
긴 잠이 잠시 덜컹거린다
관을 들어 올려
새소릴 보료처럼 깔고서야
비로소 제자리를 찾는 죽음
새벽이슬이 말갛게 씻어 놓은 흙들
그 사이로 들어가고 수의壽衣 위에
한 겹 더 나무그늘 옷을 걸치고
그 위에 햇살이불 끌어당겨 눕는 당신
이제 막 새 세상의 유쾌한 명찰을 달고
암癌 같은 건 하나도 안 무섭다며
둘러선 사람들 어깨를 토닥거린다
향 같은 생전이 다시 주검을 덮을 때
조카들의 두런대는 추억 사이로
국화꽃 향기 환하게 건너온다

물푸레나무의 겨울나기

뒷산 길섶 물푸레나무
잎 다 떨군 가지들이 자잘한 뿌리 같다
저마다 눈을 달고 두리번거리고 있는 촉수들
겨울을 견디기 위해 나무는
뿌리를 지상으로 밀어내고
동면하는 짐승인 양
잎들은 땅 속에 묻어두는 것이다 젖은
뿌릴 햇살에 널어 말리는 동안
저쪽 안부가 궁금한 제 우듬지를
땅 속 깊숙이 내려놓고
칭얼대는 어린 새순에게 그렁그렁 젖을 먹이며
사슴벌레 쉬었다 갈 그늘을 짓고 개똥지빠귀
둥질 어디에 앉힐까 궁리하는 것이다
이윽고 기다리던 봄비들이
물조리개처럼 마른 숲을 적시면
공중의 뿌리들은 재빨리 땅 아래로 내려가고
잎들은 천천히 지상으로 걸어 나와
공중의 빈 곳을 채우는 것이다
껍질을 벗겨내면 금방이라도 푸른 피
한 바가질 쏟아 낼 것 같은,
뒷산 길섶에 거꾸로 박힌 내가 서 있다

수세미 덩굴

옥탑방 난간에 세든 수세미 덩굴이
대나무 지지대를 휘감고 힘차게 올랐다
땡볕에 더듬거리는 촉수 세우고
제 몸 용수철처럼 꼬아
허공을 움켜쥔 채
맞은편 팬트하우스로 건너간다 가끔씩
코티분 고운 분화장을 하더니
글쎄, 팔뚝만 한 자식까지 두엇 낳더니
전선 아래로 석순처럼 매달린 수세미
팬트하우스는 자꾸 신기루처럼 멀어지고
어느새 벼랑이 된 공중의 길 아래
승용차가 지나가고 트럭이 지나가고
고가 사다리 실은 탑차까지
새벽녘 사이렌 소리가 잠 깨우던 날
아침, 반 토막으로 매달린 수세미
푸른 핏방울이 슬픔을 부둥켜안고 있었다
며칠 지나 다시 보니
머리에 구름띠 질끈 두르고 저 여자
아찔한 전선 위를 걸어가고 있다
고향 떠나 도시 변두리로 이주해온,

자식 잃고도 억척스레 살아가는
작은이모

스페인 광장

행성에서 왔을까 깡마른 여자가 바르카치아* 분수 물줄기에 백년 고독했던 입술을 갖다대자 불빛을 쪼고 있던 비둘기들 일제히 회색빛 첨탑 위로 날아오른다 얼음처럼 차가운 콘도티 거리로 사람들과 소음이 쏟아진다 젊은 남자가 천 년을 기다려온 여자에게 장미 한 송일 건넨다 여자의 시든 얼굴이 붉게 웃는다 레드와인을 옆구리에 낀 집시는 제가 토해놓은 노랫소릴 밟고 계단을 오른다 궐련처럼 어둠을 빨았다 내뱉는, 가끔 우주 저쪽으로 수신불능의 문자를 송신하는 사내의 눈동자 속에 하현달이 뜬다 누군가 불어 올린 비눗방울들이 광장을 배회하다 쓸쓸한 저녁의 사람들 가슴에 짤그랑 소리를 내며 흩어진다 밤 10시 물에 반쯤 잠겨 있던 배 한 척이 지중해를 향해 돛을 올린다 뒤척뒤척 광장이 깨어난다

*로마 스페인 광장 중앙에 있는 분수. '쓸모 없는 배' 라는 뜻.

단단한 끈

수영장 레인 위에
튜브처럼 떠 있는 두 여자
서로 말을 주고받느라 바쁘다
주위는 아랑곳하지 않는다는 듯,
중간 레인에 낀 나는 번갈아 오가는
여자들의 말에 느닷없이 갇혀 버린다 1번
레인 여자의 입에서 흘러나온 말이
3번 레인 여자의 입 속으로 출렁거리며 흘러가고
3번 레인 여자의 손사래가 던진 말이 1번
레인 여자의 귓바퀴 속으로 들어간다
말들은 물 속에서도 넘쳐흘러 종아리를 휘감는다
얽히고설킨 말의 끈에 갇혀 숨이 막힌다
재잘거리는 끈들이 누에고치처럼 에워싸
나를 겹겹이 동여맨다
투명하고 견고한 그 틈새에서
빠져나갈 곳을 찾아보지만 더욱 조여드는 끈
기다리다 지친 내 몸에 푸른 날이 서고
나는 마침내 단단한 여자들의 말을 끊고
맞은편을 향해 힘차게 스타트한다
그때, 젖은 입술로 끈을 물고 있다 휘청!

물 위로 쓰러지는 여자들, 와르르
숨통 트인 불빛들이 수면 위로 쏟아진다

싸움에 대하여

누구나 낯짝의 반도 보여주지 않는 싸움을 가지고 산다
개 짖는 소리 창을 할퀴고
턱에 꺼칠하게 수염 난 남자와
한바탕 싸워본 사람은 알 것이다 싸움은
독 안의 물처럼 차오른다는 것을

방금 끝난 싸움을 여치울음인 듯 발끝으로
툭툭 차며 고수부지 유원지를 걷는 밤
평생 싸움꾼이던 아버지가
파종한 주름을 이랑처럼 경작하던 어머니를 생각하면
느닷없이 눈가에 고이는 늪
싸움하지 않으려는 마음이 싸움을 부른다

더 이상 싸우지 않겠다고 악을 쓰면 쓸수록
물이 꽉 찬 독처럼 싸움은 터져 나와
푸른 날[刀]처럼 우리를 덮치는 것이다

하현달 같은 싸움을 고수부지에 내려놓고 돌아온 날이면
어느새 탁자 위엔 그가 켜놓은 촛불
아래 드러나는 순한 흙,

그러나 이내 차오르는 물의 경계
누구나 물고기 비늘처럼 살랑거리는 싸움 하나 품고
수면 아래서 물의 신민이 되어 사는 것이다

당선! 세상에 홀로 남겨진 것처럼 막막하다

기찻길 옆 우리집은 탱자나무가 담장이었다. 손에 상처가 생기는 줄도 모르고 울타리가 낳은 노란 전구알 같은 탱자에 경부선 기차소리를 받아 적던 시절이 있었다. 나는 자주 내가 쓰는 언어로 세계의 결을 환하게 열고 싶었지만 제 몸을 가시로 감싼 탱자나무처럼 가시 속에 숨은 시의 언어들은 좀처럼 문을 열어주지 않았다.

잡았다고 생각하면 어느새 빠져 달아나는 언어의 꼬리, 그 미끄러짐들. 그때마다 나는 네모난 종이로 학을 접었다. 일곱 번 몸을 접고 마지막 날개를 펴주어도 날아가지 못하는 새, 내 언어를 들고 푸른 신호등을 따라 삼각지 로터리를 도는데 어떤 목소리가 내 옷깃을 파고들었다. 갑자기 마른 몸을 털며 종이학이 날아오르고, 갖가지 색깔로 접었던 물고기들이 별로 살아나 파닥이기 시작했다.

당선! 이 세상에 홀로 남겨진 것처럼 두렵고 막막했지만 가시가 심장을 찔러대도 모든 아픈 몸들을 보듬으며 나아갈 것이다. 칠년 만에 보내준 화해의 품안엔 가시가 있을 테지만 사랑하는 이들을 믿듯 나의 시를 믿기로 한다.

부족한 제 시에 손을 들어주신 황동규, 정호승 선생님께 고개 숙여 감사드린다. 무엇보다 언어를 빛나게 갈고닦아 시에 부려놓는 방법을 가르쳐 주신 이기철 교수님, 시어가 대상과 나를 만나 어떻게 새로운 몸과 현실을 만들 수 있는가를 보여주신 손진은 교수님 두 분께 두고두고 감사의 마음을 전해도 모자라는 느낌이다.

늘 바쁘게 쫓기는 시간들을 불평 없이 뒷바라지해준 남편, 수능으로 고생한 딸 지수가 고맙고 당선소식에 가장 기뻐해주신 부모님께 진심으로 감사드린다. 함께 보듬고 격려해준 영남대와 경주대 사회교육원 문창반 문우들이 떠오른다. 지면을 빌려 따뜻했던 마음들에 손을 내민다. 저를 알고 있는 모든 분들과 이 영광을 함께하고 싶다.

□문화일보 심사평

죽음에 대한 생각 뒤집는 역설의 묘미 탁월

최종심까지 올라온 8명의 작품 중에서 마지막 남은 작품은 이강해 씨의 「집들이」, 강지희 씨의 「즐거운 장례식」 2편이었다.

「집들이」는 탄탄한 내적 구조를 지니고 있으나 지나치게 단순하다는 점이 먼저 단점으로 지적됐다. "사랑은 시작하기도 전에 슬프고/ 살아보기 전에 무덤이다" 등의 표현 또한 상식적이고 상투적인 멋에 머물러 있다고 여겨져 자연히 「즐거운 장례식」을 당선작으로 결정하게 됐다.

「즐거운 장례식」 또한 단순한 면이 없지 않다는 점이 지적됐으나 그러한 단점보다는 죽음을 보는 눈이 새롭다는 장점을 더 높이 샀다.

누구의 죽음이든 죽음은 슬프고 고통스럽다는 기존의 생각을 즐겁게 뒤집는 역설적 묘미가 공감대를 형성함으로써 나름대로 높은 시적 성취도를 이루고 있다.

"관을 들어올려/ 새소릴 보료처럼 깔고서야/ 비로소 제자리를 찾는" 작은아버지의 죽음은 죽음에 대한 긍정성과 순응성을 통해서만 얻을 수 있는 즐거움이자 기쁨의 축제다.

작은아버지는 "암 같은 건 하나도 안 무섭다며/ 둘러선 사람들 어깨를 토닥거릴" 정도로 오히려 남은 가족들을 위로한다.

죽은 자가 산 자를 위로하는 이 반어적 발상을 통한 시적 구현은 이 시인의 앞날에 대한 신뢰의 깊이를 더해준다. 앞으로 한국시단을 빛내는 시인으로 대성하길 바란다.

심사위원 : 황동규 · 정호승

김은주

1980년 서울 출생
한양여자대학 문예창작과 졸업
2009년 동아일보 신춘문예 시 당선

leenaan@naver.com

■동아일보/시

술빵 냄새의 시간

술빵 냄새의 시간

컹컹 우는 한낮의 햇빛,
달래며 실업수당 받으러 가는 길
을지로 한복판 장교빌딩은 높기만 하고
햇빛을 과식하며 방울나무 즐비한 방울나무,
추억은 방울방울*
비 오는 날과 흐린 날과 맑은 날 중 어떤 걸 제일 좋아해?**
떼지은 평일의 삼삼오오들이 피워 올린 하늘
비대한 구름 떼

젓꽃판같이 달아오른 맨홀 위를 미끄러지듯 건너
나는 보름 동안 아무것도 하지 않았습니다
나도 후끈 달아오르고 싶었으나 바리케이드,
가로수는 세상에서 가장 인간적인 바리케이드
곧게 편 허리며 잎겨드랑이며 빈틈이 없어
부러 해 놓은 설치처럼 신비로운 군락을 이룬
이 한통속들아

한낮의 햇빛을 모조리 토해내는
비릿하고 능란한 술빵 냄새의 시간
끄억 끄억 배고플 때 나는 입 냄새를 닮은

술빵의 내부
부풀어오른 공기 주머니 속에서 한잠 실컷 자고 일어나
배부르지 않을 만큼만 둥실,
떠오르고 싶어

*1991년에 발표된 일본 애니메이션 제목.
**〈추억은 방울방울〉에 나오는 대사.

미아삼거리 시가전

1

아무도 사내의 스파링 파트너가 되지 못했다
그것은 그의 의지가 아니었으므로

2

될 수 없었다,고 해야 옳을 것이다

3

사내는 검은색 비닐봉지를 글러브 삼아
원 투 원 투, 잽싸게 잽을 날렸다
날렵한 상체를 좌우로 틀며
레프트 라이트 훅훅,
두 팔을 자유자재로 구사할 때마다
사내의 링 위에선 양파며 쪽파가 훅훅,
깐 마늘과 여러 가지가 가지가지 날았다
특이한 것은 사내가 가진 글러브는
나, 또는, 당신, 혹은, 사내, 그리고, 나,
그래서, 사내가 아니라
나와 당신, 당신과 사내, 사내와 나,
그 간격을 보호하기 위한 모종의 장치라는 것

치밀하게 상대를 밀어내는 힘,
차이가 사이를 만들어내는 거였다

4
사내는 방어와 공격을 적재적소에 활용하는
진짜 고수였다
즐거운 노래방에서 흘러나오는 결코
즐겁지만은 않은 소리들을 지워가며
펀치를 날릴 때마다 슉슉
사내의 아랫도리처럼 순식간에 바람이 일어섰다 앉았다
그 공격기술을 나는
바람가격이라고 이름 붙였다

5
어금니 꽉 깨물어.
네 개의 바퀴 위에서 휘둘리지는
바람가격에 나도 한번 가격당하고 싶었으나
그는 공격과 방어를 적재적소에 활용하는
진짜 프로였으니

6

오늘 밤 사내는
어둠에 젖은 구두와 지상전을
걸어가는 담배연기와 공중전을
어쩌면 어여쁜 여자와
한바탕 수중전을 벌일는지도 모를 일이지만
그의 혼곤한 잠 한켠에 유숙留宿하고픈

7

한 방 얻어맞을 내 꿈은
속눈썹처럼 더 이상 자라지 않았다

어금니 꽉 깨물고 잘 살아보려고 했건만.

끝내주는 이야기

1

뒤늦게 올라탄 내 자리는 없었다 노약자 보호석 앞에 무겁게 서있는 나를 국물이, 국물이 끝내줘요 ; 생생우동의 생생한 광고가 쳐다보았지 끝내준다는 광고 문구의 〈끝〉자를 힘주어 읽어보다가 어디를 가야겠다고 먹은 마음인지 몰라 내려야 할 곳이 어디인지 몰라 왼쪽인지 오른쪽인지 갑자기 들이닥친 생각 끝이 비상시 문 여는 방법처럼 아득하기만 했네

2

시민 여러분 저희 지하철공사에서는 시민 여러분의 안전을 위해…… 어김없는 안내방송 시민 여러분 심인尋人 녀러분 오글오글 사람들 속을 파고드는 지글거리는 목소리가 애타게 찾고 있는 여러분은 누구인가 그들은 과연 안전한가

3

삐걱거리는 멜로디언에서 용케도 음을 짚어내는 완전한 액션 나의 살던 고향은 꽃 피는 산골이었다고 가랑가랑 노래를 부르는 앵벌이에게 동전을 탈탈 털어 던지면서 국물이 끝내주는 생생우동처럼 나의 긍휼이, 긍휼이 끝내준다고 생각했네 맹인 앵벌이의 손목에 재깍재깍 시계 바늘이 움직이는 것도 모르고

4

때마침 지하철 3호선은 어두워진 바깥으로 나왔네 낮은 포복으로 옥수역을 막 지나는 찰나였는데 자동차 헤드라이트 불빛들이 선을 만들며 달리다가 다시 점을 이루며 섰다가 직선으로 이어졌다가 또 다시 점선으로 흩어졌다가 하네 더 이상 이어 붙일 수 없는 끝이네

투명이면서 불투명인

덩그마니가 살았어요 수그린 등과 감싸안은 무릎 사이에 흐물거리는 두 개의 봉분을 매달고서 덩그러니, 산딸기를 팔고 있네요 가사도 없는 계면조의 노래만 골라 부를 때, 벌렸다 오므렸다 쫍쫍 소리를 냈는데요

입술 말예요. 아니 덩그마니가 아니라 산딸기가요 그건 옹알이에 가까웠는데요 윤기를 잃어버린 사기대접들이 지들끼리 부딪는 소리와 비슷했을라나 둥근 대접들은 약소한 대접을 받으면서도 종일 몸체보다 더 큰 입을 벌리고 누워 있었어요 쓰읍, 군침을 삼켰을지도 모르죠

어두웠거든요 응달의 시간은 불투명했지만 그늘과 합궁한 산딸기는 하얀 대접 위에서 점점 발개졌어요 그래요 조금씩 투명하게요 그건 일종의 에로티시즘 아니겠어요? 그러니, 한 알 두 알 산딸기를 대하는 덩그마니의 호흡이 덥고 어지러워지는 건 말할 필요도 없죠 산딸기의 피톨들이 풍겨내는 달큼한 살내로 덩그마니의 입가에 매달린 옹알이도 어느새 합죽이가 됩시다 합!

동그라미, 덩그마니의 엄지와 검지 사이에 피어나는 웅덩이 말예요 그 불투명한 동그라미들이 늘어갈수록 산딸기는 점점 더 투명해

졌어요 이런 속없는 것! 어금니에서 씨앗들이 갈리는 소리만 기다리는 덩그마니의 속도 모르고. 봉분 꼭대기서 꼿꼿하던 한때의 기억을 피워내는 덩그마니를 짐짓 모른 체해 가며

뭉그러지는 것과 물드는 것뿐인 산딸기의 일과. 누구의 입술에 물들어 설왕설래 속삭이던 한 시절을 융기하려나 폭삭, 주저앉아 버리려나 설 수도 세울 수도 없이 아래로, 아래로만 향하는 늙은 유두와 한 마음이 되려나, 에이 설마.

태양의 실족

비누아투[1] 부족은 구름을 야호웨라 부른다 야 하고 그리운 것을 부른 다음 호 하고 그리워할 때 웨 하고 벌어지는 입술처럼[2] 갇혀 있지 못하고 새어나가는 것들은 언제나 슬픈 몸을 하고 있다

그리움의 음절로 구름을 발음할 때 내 안을 구르는 어떤 기억의 분절도 그들과 합세하지 못하였다 버려버리고 싶은 기억의 편편들만 떠다녔을 뿐 지상의 모든 그리움들을 합合하여 야호웨를 부를 때 나는 그들이 바람의 표정을 세공하는 것을 보았다

비누아투의 닭과 돼지가 피자두 같은 울음을 울 때 쩍쩍 갈라진 흙덩이가 구근들을 토해낼 때 게으름만큼 거룩한 노무는 없다 이것들이 다 그리움의 족속들 잘 익은 돌멩이를 삼킨 것처럼 화한 마음으로 나는 그들을 구름의 백성이라 부르겠다

구름의 백성들이 간절한 목소리로 야호웨를 부를 때 수수만년을 떠돌던 여호와들이 다녀가기도 한다[3] 너무 커다래서 닿을 수 없는 것 이들에게 구름과 여호와는 한 몸이다 야호웨가 또 다른 야호웨를 다른 야호웨가 모든 야호웨를 비유할 때 맹목을 이길 수 있는 낱말은 어디에도 없다

한낮의 해를 맨몸으로 받아내면 가슴팍 위로 구름과 여호와가 붉게 교차한다 십자가 속으로 전족을 한 어린 계집처럼 절뚝거리며 붉게 우는 태양이 실족하는 것을 나는 보았다

내 온몸을 해의 집으로 내어주고 싶어라
태양이 머리를 누인 자리에서 몸 뒤채지 않고
조용하고 황홀한 욕창을 앓고 싶다

야호웨 야호웨
그리움의 독경을 외면서
오래도록 구름의 백성들과 여민동락하리라

1) 적도 이남의 작은 섬.
2) 이성복의 시 「입술」 참고.
3) 비누아투 부족에게 야호웨는 여호와와 구름의 동음어.

내 몸이 온통 구멍으로 이루어졌는가

거리에 세워둔 바람이 일제히 내게로 허물어질 때
서늘하니 내 몸 드나드는 것이 있었네
그냥 툭, 하고 온몸 내어주고 싶었네

내 몸이 온통 구멍으로 이루어졌는가

하늘이 찢어놓은 구름이 하나의 구멍을 통과할 때
하얀 이로 꼭꼭 씹어 내 늑골 깊숙이 가둬두고 싶었네
달그락 달그락 상한 소리가 날 때마다 꺼내어 펼쳐 보고 싶었네

나는 구멍들로 이루어진 커다란 구멍
무엇에도 몸 빌려주지 못했네

나는 구멍들로 이루어진 커다란 구멍
작디작은 구멍들을 식솔처럼 데리고 살았네

나는 구멍들로 이루어진 커다란 구멍
틀어져 있을 때 비로소 아름다울 수 있었을 텐데

바람을 파는 보부상에게 몸 내어주고

그 소슬한 시간들을 좀 빌려 담아가지고
오래 두었다 끌러보고 싶었는데

잠 없는 밤이며 버린 애인이며 모로 누운 가계家系가 나를 관통할 때
테두리가 커졌다 작아졌다 했을 뿐
나는 아픔을 모르는 구멍들로 이루어진 커다란 구멍
직립보행하는 구멍기계였네

구름의 시간을 타공하며 오는 가늠할 수 없는 바람의 점성
구멍을 메울 수 있는 것은 구멍뿐이었으므로 나는 오래도록
바람의 관문이 될 것이네

조금 더디어도 주저앉진 않을 것

누군가는 만남에 대한 어휘가 가치 있다고 했지만 나는, 미래의 이별들을 모으느라 하루를 보내곤 했다. 가령, 눈이 오면 눈의 일부처럼 만남을 맞고, 흩날리거나 녹아 없어지는 눈을 보며 이별이 아팠다. 그러한 내력으로 나는 연연해하며 살았다.

연연의 목록이 추가될 때마다 구덩이를 팠다. 얕기도, 넓기도 한 연유들이 둥글게 고인 구덩이들. 그 속에다 풀리지 않는 이야기들을 풀어놓고, 녹아 없어지지 않을 삶의 문제들을 대신해 스르르 몸을 녹였다. 그 구덩이 안팎에서 만만한 한 생生을 들여다보려 시를 썼다. 게으름과 무책임을 가책으로나마 아플 수 있는 시간. 이제 서른이니 뭐라도 하나는 구원해야 하지 않을까, 골몰하는 밤이 앞으로도 길겠다.

습習은 어린 새의 퍼덕임이라고, 날기 위한 연습에 멈춤이 있어선 안된다 알려주신 장석남 선생님, 다른 시선은 틀린 것이 아니라 특별하다 가르쳐주신 권혁웅 선생님께 인사 올린다. 통증의 마디인 어머니, 일평생 소슬함의 자루를 메고 가는 아버지, 나를 나로 살게 하는 근원인 창수, 창현, 창미 세 형제들, 많은 것의 동기가 되어주는 민혁, 나만이 부를 수 있는 이름 이리, 그리고 내 모든 풍경의 흉곽인 달님에게 특별한 고마움을 전한다.

나아가는 연습을 할 수 있도록 어깨를 두드려주신 이시영 선생님, 남진우 선생님께 조금은 더디어도 주저앉지 않을 거란 다짐을 드린다.

친숙한 어조로 삶의 다양성 포착

마지막까지 선자들의 눈길을 끈 이들은 「술빵 냄새의 시간」 등을 투고한 김은주와 「꽃 피는 일」 등을 보내온 류화, 두 사람이었다.

류화의 작품은 집중력과 돌파력이란 점에서 일정한 성취를 이뤘다. 새벽녘 시장에서 돼지 잡는 장면을 다룬 「꽃 피는 일」은 동물의 몸을 부위별로 분리하고 뼈에서 살을 발라내는 처참한 장면을 복사꽃이 피어 가지를 타고 뻗어나가는 것과 중첩시킴으로써 기발하면서도 역동적인 이미지를 만들어냈다. 탐미적 시선이 공존하는 그의 시는 이미지의 조형 능력과 더불어 삶과 죽음의 질서를 투시하는 만만치 않은 인식의 깊이를 내장하고 있었다.

김은주의 작품은 심각한 현실에 정공법으로 대응하기보단 가볍게 우회해서 대응하는 여유와 다채로운 화법이 돋보였다. 비근한 현실에서 예기치 않은 놀라움을 끌어낼 줄 아는 이 응모자의 시는 친숙한 어조로 삶의 다양한 양태를 포착하고 있다. 류화의 작품은 집중력이 있는 대신 단조롭게 여겨지는데 비해, 김은주의 작품은 함께 투고한 다른 작품들이 보여주듯 대상에 따라 화법을 다채롭게 변주할 줄 아는 능력을 보여주고 있어 당선작으로 선택했다. 축하와 더불어 정진을 당부한다. 이 밖에 선자의 관심을 끈 응모자로는 「바람 부는 날의 모과」의 박은지, 「흰 개와 바다」의 이현미, 「구불구불거리고 싶은 것은 본능이다」의 진유경 등이 있다.

심사위원 : 이시영 · 남진우

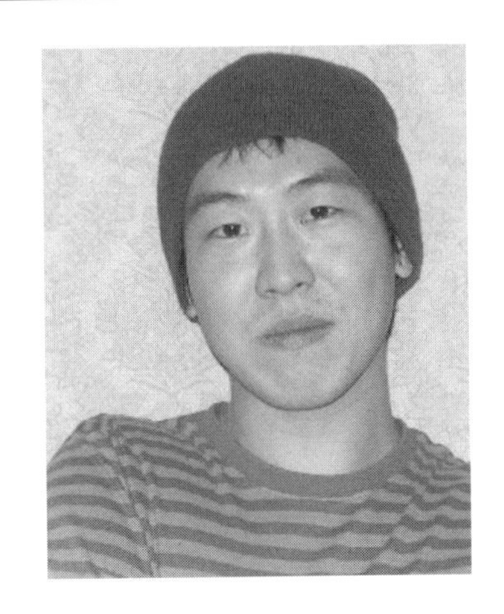

민 구

1983년 인천 출생
명지대 문예창작학과 4년 재학 중
2009년 조선일보 신춘문예 시 당선

azino@naver.com

■조선일보/시

오늘은 달이 다 닳고

오늘은 달이 다 닳고

나무 그늘에도 뼈가 있다

그늘에 셀 수 없이 많은 구멍이 나 있다 바람만 불어도 쉽게 벌어지는 구멍을 피해 앉아본다

수족이 시린 저 앞산 느티나무의 머리를 감기는 건 오랫동안 곤줄박이의 몫이었다

곤줄박이는 나무의 가는 모근을 모아서 집을 짓는다

눈이 선한 저 새들에게도 바람을 가르는 날카로운 연장이 있다 얼마 전 죽은 곤줄박이에 떼지어 모인 개미들이 그것을 수거해가는 걸 본 적이 있다

일과를 마친 새들은 둥지로 돌아와서 달이 떠오를 무렵 다시 하늘로 솟구치는데,

이때 달은 비누다

뿌리가 단단히 박혀서 번뇌만으로는 달에 못 미치는 나무의 머리

통을 곤줄박이가 대신, 벅벅 긁어주는지, 나무 아래 하얀 달 거품이 흥건하다

오늘은 달이 다 닳고 잡히는 족족 손에서 빠져나가 저만치 걸렸나

우물에 가서 밤새 몸을 불리는 달을 봐라

여간해서 불어나지 않는 욕망의 칼,

부릅뜨고 나를 노린다

바벨 드는 새

건물과 건물을 잇는 고압선, 새 한 마리가 철봉을 쥐고 있다 철봉의 양 끝에 빌딩 하나씩 끼워져 있다 새가 빌딩 두 채를 송두리째 뽑아버릴 것 같은 기세로 머리와 날갯죽지를 번갈아 움직인다 저 하찮은 들썩임이 페루로 가는 차편이었다니, 이제껏 내가 숨어서 지켜본 날갯짓이 속을 전부 게워낸다 차가운 혈액을 쉼 없이 저어준다 과장이 심하다 싶어

눈앞에서 새를 지운다 비가 새는 날개, 겨드랑이를 간질이는 구름, 구름 위의 발자국, 발자국에 신겨놓은 눈발을 모두 지우고, 공중에 흥건한 새의 부력을 마지막으로 박박 문지른다 산성비를 뿌려 뒤처리한다, 지워진다, 새, 전부 지워져서

새가 새의 가죽을 벗고 그림자만 남는다 그림자가 바벨을 들고 있다 바벨과 두 팔은 검은 피복을 씌운 한 가닥 전선처럼 통해 있다 그림자가 두 팔 번쩍 바벨을 들고 있다 신호가 올 때까지, 저 너머로, 잠든 심판이 붉게 부은 두 눈을 비빌 때까지

여치 타이머

돌아눕다가 그만
여치를 놀래켰다

꿈에서 비를 피한답시고
여치가 사는 집 문을 두드린 모양이다

여치는 불청객을 내모는 대신
지구 저편의 가을을 끓여
따끈한 수프를 내왔다
지난날
내가 걷어찬 나무의 마른 잎들이
그 위에 띄워져 있었다
허겁지겁 음식을 비우자
그는 가볍게 웃어 보이며 한 그릇을 마저 권한다

여치는 탁자에 그릇을 올려놓고
강아지풀을 꺼내어 느슨해진 줄을 바람에 조이더니
앰프를 옮겨달라고 부탁했다

그건 어젯밤 내가 던진 돌이었다

돌아눕다가 듣는 신음소리
여치는 내게 들리지 않는 소리로 조용히 울고 있는데
창문 닫고 돌아누웠을 때 더 선명해지는 울음이여,

누가 내 귀를 앰프 삼아 울고 가는가

배가 산으로 간다

저녁 강가에 배 두 척이 나란히 놓여 있다
저것은 망자가 벗어놓은 신이다
저 신을 신고 걸어가서
수심을 내비치지 않는 강의 수면을 두드린다
거기엔 사공도 없이 홀로 산으로 간 배들을 모아서
깨끗이 닦아 내어주는 구두닦이가 계신가

산 중턱에 앉아서 저 아래 강가를 내려 보다가도
정상에서 나를 굽어보는 어느 구두닦이가 있어
벗어둔 신발을 도로 주워 신는다
누가 언제 저 신을 신을까, 지켜본다

나는 강의 한가운데
단단한 구들장에 불을 지피는 장작을 미끼로 던지고
수면 위의 기다란 굴참나무 그림자를 들어올렸다 놓는다
산허리가 휘어지며 밀고 당기기를 몇 번일까
회백색 물고기들이 나무줄기에 매달려 밖으로 나온다

그때 누가 나무 밑에서 걸어 나와
빈 배에 올라타는지 그의 신발 뒤축에 끌려

산 아래부터 중턱까지 흙부스러기가 쏟아진다

또 한 번 배가 산으로 가나?
너의 낡은 구두가 빛난다
살아서는 신지 못할

물 속에 매달아 놓은 조등

바늘

냉동실 고등어 한 마리
팽창된 바다로 온몸이 푸른 멍이다

동쪽 해 뜨는 대륙을 집어삼키고 끝을 여문 너의 꼬리는
어느 생애에야 공중에 획을 긋는 기암괴석으로 환생할까
푸른 몸짓으로 말을 걸어오는 고등어
고등어라는 섬나라 문지방에 걸린 뗏목처럼
두 개의 노를 펼쳐놓고 네 등에 걸린 거친 물살 한번 저어볼까
그러자 고등어
잠깐만
내가 물살을 풀고 이 방 안을 가득 채우면
너 하나쯤은 식은 물고기밥이라고
코르크를 흔들어 보이며 으름장을 놓는다

몇 번의 칼집을 내어 넘실대는 파도를 흘려보낼 때마다
고등어는 날이 지나간 자리에 베레를 씌운다
그를 냉동실 안으로 들인다
고등어는 안개의 수염보다 가는 냉기를 꿰어 재봉틀을 돌린다
문을 열면 냉각기 앞에서 무릎담요를 덮은 채 책장을 넘기고 있다

수면의 구름은 바닥에 닿지 않는 그림자다
전생에 네가 쏟아놓은 실타래다
물 속을 휘감는 소용돌이를 풀어서 코끝에 맨다
수면 위를 오르내리며 구름을 덧대고 바느질하는 고등어

뒤돌아보면 옷깃을 여미는 거대한 수의
버선 하나 공중에 걸고

내 달을 우물에 씻고 싶다

누가 벌써 우물에 달 담그고 소란인지
지워지지 않는 여러 겹 달들
맨살 비비며 우물을 채우고 있다

이마에 빛나는 달 문신을 한 여자
여자는 고기집에서 겹겹이 쌓인 그릇을 닦는다
밤새 갖은 양념을 한 물 속에 얼굴을 재우고
눈먼 짐승을 띄워 구멍난 하늘을 기우는 사람
우물로 이어지는 굴뚝
은밀한 잠망경에 매달려서 그녀를 지켜본다
들이치는 새들의 검은 그림자를 벗겨
그릴 위에 굽고 자르기를 몇 번일까
희번덕거리는 달의 기름이 물 위에 떠서
내 시야를 가리기도 한다

달 문신 금박테두리에
수면 위로 찰랑거리는 너의 머리칼이 빛난다
언젠가 잠든 노모의 머리를 쓸어
빠르게 흘러내리는 이마에 가드레일을 놓은 적이 있다
그릴 위의 날고기가 맹렬한 내열로 익을 때

녹아내리는 얼굴을 몇 개의 주름으로 고정하듯
달을 닮은 나의 그릇은 깨지지 않고
몇 가닥 실금만 뽑아내고 있다

그녀가 창밖의 나무 그림자를 끌어 이마를 닦는다
이마에 새긴 달을 지우는 사람
씻을수록 불어나는 신기한 그릇을
퇴근시간
머리 위의 구름이 베어 물고 지나간다

ㅁ당선소감 | 민 구

나와 나의 시, 집요하게 거리 두기를

음성메시지로 당선을 통보받았다. 식구들에게 번갈아 들려줬다. 대낮에 벼락을 맞은 것 같다고 하면 좀더 그럴듯하겠지만 이로써 갈 길이 더 멀어진 기분이다. 그것이 의지와 상관없이 나를 재촉한다. 두근거리게 한다. 웅덩이에 발이 빠지면 통째로 달고 가는 수밖에. 내 발이 썩지 않고 견딘다면 섬 하나를 띄울 수 있을까.

이제 시는 나를 주시하고 교대로 돌며 내 행적을 감시할 것이다. 교묘히 숨는 대신 얼굴을 드러내고 두 손에 들린 연장을 닳아 없어질 때까지 휘두르고 싶다. 꽃과 뿌리가 줄기만큼의 여백을 두듯, 나와 내 시도 끝내 일치하는 지점을 찾지 못하고 집요하게 거리를 두길 바란다. 부족하지만 시를 쓸 때만큼은 프로라는 자신감을 부여하겠다.

내 이름은 본명이다. 일의 자리 가운데 제일 높은 숫자라고 그런 이름을 달아주셨다. 많이 다르게 흘러왔지만 자잘한 기억 하나 놔줄 수가 없다. 깨물어서 아플 손가락은 전부 다 잘라버렸다. 그러니 내 고통의 빈도를 기록해둘 만한 서식이 달리 없다.

당선되고 사라진다면 그보다 더한 낭비는 없을 것이다. 긴장을 늦추지 않겠다. 부족한 작품을 선해주신 심사위원 선생님과 나를 격려하는 분들께 더 나은 작품으로 답하는 것 말고는 이제 방법이 없다.

하루에도 몇 번씩 시인이 되는 생각을 한다. 벼락을 맞아도 살아남을 방법을 궁리한다.

특별함 끄집어내는 시적 상상력 보여

우리 두 심사위원은 각기, 김다연 씨의 「얼음왕국」과 민구 씨의 「오늘은 달이 다 닳고」를 당선작 범위 안에 든 작품으로 올려놓았다. 우리는 이들의 다른 응모작들을 포함하여 두 차례 더 읽어보았다. 민구 씨의 「오늘은 달이 다 닳고」를 당선작으로 꼽는 것으로 합의하는 데 많은 시간이 걸리지는 않았다.

민씨의 작품들은 시가 일상언어 사용의 중력으로부터 벗어나서 시 아닌 것들과 스스로를 변별케 하는, 고유한 층위를 갖는다는 것을 알고 있는 듯이 보인다. 그 층위란 산문의 평지에서 좀 떠 있는 부력, 흔히들 말하는 시적 상상력에 의해 '새롭게 발견된' 영역을 지칭하는 것인데, 민씨에게는 그러한 발견이 있다는 말이다. 이를테면 "새들은 (…) 달이 떠오를 무렵 다시 (…) 솟구치는데,/ 이때 달은 비누다"라든가, 그의 다른 시 「배가 산으로 간다」에서의 "물 속에 매달아 놓은 조등" 같은 대목은 범상치 않은 발견이다. 그것이 있을 때 시가 스스로 뜬다. 이런 좋은 부력이 있음에도 그것을 방해하는 좋지 않은 버릇이 민씨에게도 있다. 다분히 서술적인 말투라든가, 시라고 하는 대단히 인색한 지면에서 동어반복하면서 낱말들을 낭비하는 것, 시적 상념이 더 깊은 데로 들어가지 못하고 제자리걸음하고 있는 것 등등이다. 이런 악습은 대부분의 응모작들에게 더 해당된다 하겠다. 특히 근래 판타지에의 경향성 속에서 스스로도 감당 못할, 실패한 은유들의 범람은 참 견디기 힘들다.

김다연 씨의 「얼음왕국」 외 2편도 고루 시를 스스로 유지시키는 역량이 있음을 느끼게 한다. 그러나 텍스트 안에 반짝 전기가 들어오게 하는 발견의 신선함이 약하다 할까. 상념이 동화적이라고 해야 할지, 유아적이라고 해야 할지 모르겠으나 우리 심사자들에게 앞으로 모든 것으로부터 독립된 시인의 이름을 부여하기에는 아직 실감이 덜 왔다. 양서연 씨의 「붉은 귀」, 한창의 씨의 「어떤 행방」을 최종심에서 우리가 논의했다는 것은 가능성에 대한 우리의 기대를 의미한다. 이 땅의 싱싱한 시를 기다리는 독자들을 위해 모두의 정진을 바라며, 당선을 축하한다.

심사위원 : 문정희 · 황지우

양수덕

본명 : 양선희
서울 출생
중학교 국어교사 역임
2009년 경향신문 신춘문예 시 당선

■경향신문/시
릴 피쉬

립 피쉬

땡볕더위에 잎맥만 남은 이파리 하나
지하도 계단 바닥에 누워 있던 청년은
양말까지 신고 노르스름한 병색이었다
젊음이 더 이상 수작 피우지 않아서 좋아? 싫어?
스스로 묻다가 무거운 짐 원없이 내려놓았다
립 피쉬라는 물고기는 물 속 바위에 낙엽처럼 매달려 산다
콘크리트 계단에 몸을 붙인 청년의
물살을 떨다 만 지느러미
뢴트겐에서 춤추던 가시, 가물가물
동전 몇 개 등록상표처럼 찍혀 있는 손바닥과
염주 감은 손목의
그림자만이 화끈거린다
채 풀지 못한 과제 놓아버린 손아귀
청년이라는 이름만으로도 세상의 푸른 이마였던 그의
꿈이 요새에 갇혀서
해저로 달리는 환상열차
잎사귀인지 물고기인지를 한 땀 바느질한
지하도 계단으로 오르내리는 이들이
다리 하나 하늘에 걸칠 때

바람의 이력서

바람도 모두의 가족, 군식구도 식구니까 흔적을 남겨야 한다고 물고 늘어지는 자에게 축복 있으라

보통은 무명씨였다가 기분 따라 사라니 매미니 꽃샘이니, 하면서 생존의 티를 내는 이름
어딜 가나 따라다니지만 통 도움이 안 되는 생년월일, 기원 전부터 거슬러 가야 할 나이
사계절 꽃 구별하고 장마 낌새 알아채고 가을 잎새들 망가지는 꼴 틈틈이 익혔고 겨울의 얼음이빨이 얼마나 지독한지 다진 기초 학력 튼튼하지만 위에 쌓은 게 부실한 학력
직업이라고는 기웃거린 게 몇 되는데 일찌감치 물 건너갔음 백수 자서전 한 권 내볼까 함
특기가 뭐냐? 잘 하는 게 하나라도 있으나 없으나 매한가지 잘 하는 것과 내세울 것은 사뭇 다르다 내세울 게 너무 많은 부류들이 세상을 쥐락펴락, 내가 투명옷을 입은 이유는,
취미는 수다떨기 아니면 침묵에 못질하기 수다를 떨다가 폭발해 버린 활화산을 아시나요? 연미복을 입은 펜으로 지휘봉을 드는 일은 수다떨기의 변형, 기형 모음집이 산더미인데도 허공은 참 깨끗하지 않나 활화산이 피식피식 꺼지고 사화산으로 돌아가 일상 이어가기

가족사항에 뭘 쓰나 때 되면 홀로 블랙홀 같은 입천장을 딱 벌려 음식물을 마구 빠뜨리지만 알콩달콩한 가족은 없다 가족이란 머리 속이 하얗게 빌 만큼 굉장한 환타지 아님 죽기살기로 피 터지는 전쟁터려니

이걸 어디에 내미나 내민다고 받아주나 나도 안 보이는
바람을, 부르는 자의 이마에 붉은 꽃잎 붙여줄래

인형의 방

볼때기가 통통해서 나이를 먹지 않는 게 아니다
늘 가려운 풀씨가 돋아나는 입가는
미소를 풀어놓지 못해 경련이 인다
문 쪽으로 열린 시선
언짢게도 이 방에는 한 사람만 들락거린다
늙은 아이가 빈 백지로 복사되었던 십 년
나도 성장을 멈추었다
먼지가 밋밋한 살에 모근으로 박히고
한 번도 빨지 않은 원피스의
물방울무늬는 파삭파삭한 방공기와 밀고 당긴다
오늘 또 늙은 아이는 이맛살을 찌푸리며
공들여 거미줄을 만든다
늙은 아이는 걸려든 날벌레처럼 눈이 패이다가
나를 힐끗 쳐다본다
하품이 나오려는데 입으로 오물오물 씹어 먹는다
눈물초롱꽃 스물거리는데 깜짝거려 봉오리를 부러뜨린다
부글거리지 않아서 심심하다
더더귀더더귀 매달리는 졸음
살이 튼 장식장 위에서
나는 빨간 머리칼을 흔든다

곱슬거리는 음표들이 늙은 아이의 뒤통수를 꼬집는다
입가의 풀씨를 폴폴 날려보낸 다음
눈을 째고 두 발을 훈련병처럼 굴러본다 얍, 해피 투게덜

빙장氷葬*

향기가 절박하다
불씨란 불씨 다 삼킨다 해도
피 돌지 않는 고깃덩어리가
단단하고 차가운 요람으로 돌아간다

낡은 구조물을 비추는 얼음수의
피는 더 이상 달리지 않고
낮달처럼 숨어든 그늘과 바람이 끄적이다 만 비망록은
관 속의 행진
무정란을 까던 입을 잠근다
얼음의 숨결을 뿜으며 나를 망치질한다

감각이 죽고 나서야 누운 곳이 얼음잔디 같아서
물 오르는 몸, 나뭇가지 뻗고 잎사귀 돋느라 소동이더니 한순간에
진다
되돌아 불러보는 몸의 봄
죽어서도 제게 속는 고깃덩어리

나는 죽어서까지 냄새 피우는 동물이 아니다
몸을 태우는 연기는 지상에서 가장 무거운 배설물

몸의 여섯 구멍으로 도랑물 흘리지 않겠다
독수리도 식상한 뼈는 안 먹지
묻힐 땅뙈기 축내지 않고
질깃한 목숨을 고민없이 노래하는 나무 곁에는 묻히지 않으리
믿을 수 있는 얼음장, 고독한 악기, 용장의 선택이 나였다고 말하마

점점 뜨거워진다 크게 죽을 일만 남았다
얼음감옥에 장기복역수란 없다
한 옴큼 가루가 될 고깃덩어리

얼음이 마시는 푸른 달빛 한 컵
그 향기 날리며 불멸의 악기를 켤 순도 99.9%

*사체를 얼음으로 만들어 분쇄하는 친환경적 장사법.

붉은 귀

방음벽이 된 담쟁이들
질주하는 차들의 소음이
담쟁이들의 임파선을 따라
온몸에 퍼져 있다

재목으로 다듬어지는 나무들, 제재소 안에서
농아 남자들이 온몸 풀어 나무의 절규를 그물친다
죽은 나무 달아오르게 닦달한다
하늘로 뻗은 길인 줄 알고 한사코 기어오르던 담쟁이들이
실금도 흘리지 않는다
발이 허공에 닿는 순간 금단의 벽 앞에서
어름거리다가 불타는 시선
내리막 따돌리고 하늘을 통째 삼킨다

휘우듬한 나무들 뽀얗게 반듯해질 때
귀동냥 비껴간 귀가 분주하다
담쟁이들이 콘크리트 방음벽을 감쪽같이 빠져 나간다
새로 단 귀에 모아지는 별, 바람, 비의 이야기
밀어들이 붉은 갈기를 펄럭거린다

황야

실탄을 단단히 장전했다
팔도에서 모여든 총잡이들
어느새 총알이 날아와 나도 방아쇠를 당긴다
뜨거워지는 손가락들, 사방에서 불발탄들 튄다
신호등에 걸리자 길 건너는 주민에게 누군가 총질을 해댄다
총알이 아슬하게 귓바퀴를 스치자
급히 멈춰 선 주민의 팔자걸음이 잠시 흐트러진다
기싸움에 달아오르는 모두
미로를 비집고 질주를 즐긴다
차머리를 들이대면 금세 새 차선이 키를 맞추고
더러 비겁한 총잡이도 있어 까딱하면 한 방에 간다
한밤중에 공포탄을 쏘아대며
주민들 잠을 찢는 총잡이도 있구말구
주인공투성이인 우리들, 연기는 수준급, 안면근육부터 씰룩거린다
크크큭 총알들이 웃는다 웃다가 돌아버린다
점점 더러워지는 총잡이들의 입, 얼크러지는 표정
바퀴들이 걷지 않는 솜다리들 싣고 좌충우돌 굴러간다
거추장스러운 선인장이 너무 많은 게 탈
누군가 널브러지면 짓이긴 선인장 냄새가 쩍쩍 달라붙는다
탄흔이 별보다 영롱해서 보안관은 어지럽다
너무 멀리 간 별들이 고적하게 내려다보는 거리

삶의 뿌리를 내리지 못한 이들에게 희망을…

참으로 눈부시군요. 저 같은 사람에게도 태양이 얼굴을 마주할 때가 있다니요. 거듭 거듭 절망하면서 이어온 세월이었습니다. 그럴 때마다 열심히 하다 보면 언젠가 시가 보답한다는 스승의 말씀을 잊지 않았습니다.

세상의 시인들, 인연 있었던 선생님들, 시사랑화요팀의 선생님들과 문우들께 깊이 감사드립니다. 시의 뿌리이자 삶의 뿌리를 내려주신 심사 선생님들께 머리 숙여 감사드립니다. 오래 안타깝게 지켜봐주신 부모님, 형제, 친구들, 주변 사람들, 모두 감사합니다. 저를 아는 분들께 진 빚을 조금이나마 갚게 되어 다행스럽게 생각합니다. 향기 있는 시를 쓰도록 노력하겠습니다.

시 「릴 피쉬」의 주인공께 한량없는 사랑을 보냅니다. 돌이켜보니 돌멩이 하나도 제 스승이었습니다. 삶의 뿌리를 내리지 못한 이들에게 희망이 되고자 합니다. 찬란한 관계망상들이 제 안에서 꿈틀거립니다.

개성있는 언어 활달하게 구사

예심을 통과해 본심의 대상이 된 열다섯 분의 작품 가운데 우선 눈에 띄는 것은 정수연 씨의 「숙련공」이었다. 시를 쓰고 있는 자기 세대의 어법을 개성적으로 연출하고 있다는 점이 돋보였다. 그러나 행과 행의 관계를 긴밀하게 조직하는 힘이 부족해 보였고, 「숙련공」을 제외한 나머지 작품들은 감각적인 표현에 구체적인 사유를 담지 못한 허약한 표현이 많았다. 시에서 강한 정신력과 숙련된 언어는 함께 이루어진다.

「도원역」과 「아주 조금만 남은 것들」을 쓴 김우찬 씨는 언어를 정제하는 작업에 많은 시간을 보내고 있는 듯하다. 그러나 그가 갈고 닦은 언어는 새롭다기보다 익숙하고 편안해서, 아직 발견되지 않은 언어나 세계를 향한 모험이 보이지 않는다. 시에 지루한 감이 있는 것은 이 때문이다.

안웅선 씨의 「창밖으로 오분」은 창을 내다보고 있는 화자의 모습을 개성적인 어조로 붙잡아내는 그 착상이 흥미로웠다. 그러나 아이디어를 끌고 나가는 힘이 부족해 환상으로 잇대어진 연결 부분은 실감이 부족했다. 감탄어미와 '치명'이라는 모호한 단어로 시의 끝을 맺고 있는 것도 안일한 수법이다.

양수덕 씨는 다른 응모자들에 비해 개성있는 언어를 활달하게 구사하고 있다. 언어에 개인적 표현이 많아 소통부재의 위험이 보이기도 하나, 당선작 「릶 피쉬」에서는 지하도의 걸인이라고 하는 익숙한 소재를 다루고 있음에도 불구하고 치밀한 묘사력과 참신한 비유로 대상을 섬세하게 구현해내었다.

말은 자신의 생각을 갈고닦는 수단이기도 하지만 또한 우리 자신을

이 세계로 실어보낼 수 있는 도구이기도 하다. 신춘문예의 당선을 계기로 세계 속으로 자아를 밀고 나갈 수 있는 힘도 함께 얻기를 바란다.

심사위원 : 황지우 · 최정례

이우성

1980년 서울 출생
대진대 국어국문학과 졸업
남성 잡지 〈GQ KOREA〉 기자
2009년 한국일보 신춘문예 시 당선

kay0177@naver.com

■한국일보/시

무럭무럭 구덩이

무럭무럭 구덩이

이곳은 내가 파 놓은 구덩이입니다
너 또 방 안에 무슨 짓이니
저녁밥을 먹다 말고 엄마가 꾸짖으러 옵니다
구덩이에 발이 걸려 넘어집니다
숟가락이 구덩이 옆에 꽂힙니다
잘 뒤집으면 모자가 되겠습니다
오랜만에 집에 온 형이
내가 한눈파는 사이 구덩이를 들고 나갑니다
달리며 떨어지는 잎사귀를 구덩이에 담습니다
숟가락을 뽑아 들고 퍼먹습니다
잘 마른 잎들이라 숟가락이 필요 없습니다
형은 벌써 싫증을 내고 구덩이를 던집니다
아버지가 설거지를 하러 옵니다
반짝반짝 구덩이
외출하기 위해 나는 부엌으로 갑니다
중력과 월요일의 외투가 걱정입니다
그릇 사이에서 구덩이를 꺼내 머리에 씁니다
나는 쏙 들어갑니다
강아지 눈에는 내가 안 보일 수도 있습니다
친구에게 전화가 옵니다

학교에서 나를 본 적이 없다고 말합니다
나는 구덩이를 다시 땅에 묻습니다
저 구덩이가 빨리 자라야 새들이 집을 지을 텐데
엄마는 숟가락이 없어져서 큰일이라고 한숨을 쉽니다

어쩜
풍경이 멈춰 있다고 생각했을까

파티션을 넘어
돼지들이 난다

버스정류장 앞에서 소화전은 일어날 생각이 없고
정류장도 나무 의자도 버스에 오르지 않고

다리가 네 개라면 기어가는 게 낫겠어요 비가 오더라도
뒤돌아보며 나는 꿀꿀
저녁이 자꾸만 가늘어져서 바지가 헐거워

구덩이를 파고
닭 거름을 한 삽 뜨자 그가 웃는다
그에게 어제가 향기로웠다면 오늘의 손등은 코끝을 향해도 좋다

이 돌들이 다 고구마가 돼야 하는데
그렇지만 당신은 위대한 탐험가로 기억될 거예요
도처에 널린 말줄임표들
그렇지만 풍경을 두고 왔다는 생각이 들면 외로워진단다

딴 생각 위로 날아가는 비행기

파란 신호가 길 건너편의 고요에게 말을 거는 사이

꿀꿀
꿀꿀

손끝이 말해줍니다

주머니에 들어 있는 증명사진을 만지며 걷습니다
뒤집히지 않았다면 이쯤이 어깨 여긴 머리
살짝 구겨도 봅니다
낯빛 하나 변하지 않고
여전히 방긋
발은 굳이 보여줄 필요가 없습니다
사진관에 간 것만으로
다리든 그 비슷한 것이든 증명됩니다
내가 지금 주머니 속에 들어가 있는 건 우연입니다
나는 일상에서 나를 증명할 필요가 없습니다
그런데 다리가 걸을 때 가끔 머리는 어디에 가 있습니다
나는 마침 나도 모르는 사이 집에 다 왔습니다
이렇게 절반이 확인됐습니다만
정신없는 날에는
나머지 반이 잘 있다고 믿는 게 조금 불안합니다
우리는 웃는 모습을
우리에게 보여주는 사진이 필요합니다

약속하고 다짐하고 노트

토끼도 건반의 위치를 몰랐어요
셔틀콕은 하나뿐인 희망이었지요
깡충깡충 쏟아지는 오후 때문에
아이들의 배가 부풀어 올랐어요
햇살은 감탄할 만한 직구였고요
사라진 친구에게 하지 못한 말이 많아요
나침반의 고집에 대해
조급해진 가방과 감기 걸린 나무에 대해
귀가 긴 아이들이 공원의 아까시나무 아래에서
토끼가 묻어 놓은 아코디언을 찾아냈어요
공중에서의 분만이 시작되었지요
아프리카에서 일할 의사를 낳아야 하고
빈 접시 말고
커다란 냉장고는 있어야겠죠
엄마 아빠보다 먼저 늙은 아이들이 붉은 눈을 깜박입니다
후다닥 시계
멈춰라 소리
발을 떠느라 아침 먹는 습관을 기르지 못했다면
귀머거리 여러분
후후 불며 오세요

바람은 입술의 희망
매일은 아니겠지만 우리는 같은 길을 가게 될 거예요

보름달을 빠져 나오는 저 사람

밤의 오토바이를 알고 있다
휘파람의 속도로 유연하게
숫자를 비행하는 풍선

할머니는 어두워졌고 벌써 세 번째 인사를 건넨다
언제 왔어
그녀는 언제부터 골목을 버리기 시작했을까

문 닫은 슈퍼마켓 유리 저편
과자는 지루한 먼지를 덮고 잠이 들었다
방바닥에 혼자 앉아 벽을 바라보는 동안
그녀의 낯이 어두워지듯
새들도 밤의 눈썹을 잊고
날다 돌아볼 것이다

그러니 지금
달의 어느 모서리를 신고
가로등 빛을 타넘으며 가는
저 분명한 오토바이를 붙들지 못한다

걸으며 할머니의 손을 잡는다
손과 손 사이로 하현과 그믐 빠져나가는 소리

언제 왔어
멍하니 떠 있던 이파리 하나
신발을 벗고 내려 내려와
정수리에 앉는다
높이 두둥실 날아오를 차례

그리고 잘 가라는 인사

가라앉는 날개가 슬픔의 발가락에게로
목발에 기대 쉬는 봄이 저녁의 복사뼈에게로

명절 저녁 약국의 깊은 잠

꽃이 온다
신발이 얇아지고
분주한 돌멩이
소리를 타고 가는
전화기
다시 아무렇지 않은 새들의 아침

□당선소감 | 이우성

서른인데 세상이 참 아픕니다
살아서 지구를 지키겠습니다

이런 날이 안 오는 줄 알았습니다. 전화를 받고 엉엉 울다, 마음 가라앉히면, 또 눈물이 났습니다. 대학 다닐 때, 스쿨버스 안에서 매일 시집을 읽었습니다. 〈틈〉이란 시창작 모임에도 나갔습니다. 사는 게 즐거웠습니다만, 시를 너무 못 써서 서러웠습니다. 제겐 시에 대해 이야기할 동기도, 등단한 선배도 없었습니다. '이 외로움은 내 거야, 동생들에겐 물려주지 말아야 해' 늘 강한 척했는데, 속으론 무너지기 직전이었습니다. 당선한 것보다 〈틈〉 동생들에게 희망을 주었다는 사실이 기쁩니다!

시답지 않은 작품 읽어주신 홍은택, 심재휘 선생님, 죄송합니다. 〈금요반〉의 기둥 권혁웅 선생님을 비롯한 여러 선생님들께도 몸 둘 바 모르겠습니다. 특히 조연호 '티처'에겐 거듭 감사해야 합니다.

겨우 서른인데 세상이 참 아픕니다. 살아야겠습니다. 살아서, 지구를 지켜내야겠습니다. 이영주, 이용준, 김한선, 자랑스런 〈틈〉 가족, 치열한 〈금요반〉 식구들, 눈부심 그 자체인 〈GQ〉 스텝들, 왁자지껄한 〈문장의 소리〉팀, 좋은 친구는 나의 영예입니다. 등 두드려주신 박상률 선생님, 보고 싶습니다. 심사위원 선생님, 저는 똑같은 바람도 비슷한 햇살도 되고 싶지 않습니다. 그리고, 10년을 매진하면 안 될 일이 없다, 말씀해주신 서범석 선생님, 그 진리가 저만 두고 갈까 무서웠다고 이제야 고백합니다. 어느 오후, 대책 없는 제 시를 읽고 말없이 담배에 불을 붙이시던 모습이 자꾸 떠올라, 눈물이 납니다. 종이야, 쉼표야, 말줄임표야, 미안. 아빠, 엄마, 형, 나 상 탔어요!

희귀한 감각과 상상력 신인다운 신선함 돋보여

시 부문 응모작은 양과 질이 모두 풍성하여 선자들을 즐겁게 했다. 응모작의 경향이 변화하고 있음을 확인한 것도 고무적인 일이었다. 최근 수년 동안 신춘문예나 문예지 응모에서는 젊은 시인들을 중심으로 전개된 포스트모던하고 전위적인 실험시를 흉내내는 시들이 많았다. 실험정신과 발랄한 어법을 특징적으로 보여주는 젊은 시가 문단에 활력을 준 것은 긍정적이지만, 삶의 현장과 역동적으로 맞물리지 못하고 헛바퀴를 돌리는 듯한 아쉬움을 준 것도 사실이다.

이번 응모작들에서는 이런 흐름이 크게 줄어든 반면 삶의 현실을 체감하거나 강하게 끌어당겨 미적으로 형상화하려는 시도는 상대적으로 늘었다. 이것은 기존의 역량이 없어진 것이 아니라 시적 경향이 변화한 것으로 보아야 할 것이다. 이러한 현상은 최근의 경제적인 어려움과 무관하지 않은 것으로 보인다.

마지막까지 논의된 작품은 이우성의 「무럭무럭 구덩이」와 장예은의 「만월」이다. 이우성의 시는 감각과 상상력이 희귀하고 개성적이며 생기있고 활력이 있다. 목소리도 힘있고 거침없고 속도감과 리듬감이 있어 신인다운 신선함이 돋보였다.

장예은의 시는 꿰맨 자국이 보이지 않을 만큼 자연스러우면서도 세련된 섬세함과 발랄함을 갖고 있다. 밝고 싱그러운 서정적 감각도 인상적이었다. 가장 완성도 높은 한 편을 고르라면 주저없이 손이 갈 만한 작품이다.

논의를 거듭한 끝에 이우성의 작품을 당선작으로 결정하였다. 함께 응모한 그의 다른 작품들이 편차 없이 고르게 살아 있는 감각을 보여주어 앞으로 계속 좋은 작품을 쓸 수 있을 것이라는 기대와 믿음이 컸기 때문이다. 장예은의 다른 작품들은 기복이 있어 끝까지 믿음을 주지 못했다.

오윤희의 「뫼비우스의 띠」와 박은지의 「열쇠 도적」도 만만치 않은 역량을 보여주었다. 앞의 시는 시사적인 내용을 풍자적으로 재치 있게 드러냈으나 거친 것이 흠이며, 뒤의 작품은 안정적이고 참신한 목소리를 지녔으나 산만하여, 각각 논의에서 제외되었다.

당선자에게 축하를 보내며 더욱 정진하기를 바란다. 뜻을 이루지 못한 응모자들에게는 용기를 잃지 말고 다시 도전해줄 것을 당부한다.

심사위원 : 신경림 · 김사인 · 김기택

임경섭

1981년 원주 출생
경희대학교 국어국문학과 졸업
동 대학원 재학 중
2008년 중앙신인문학상 시 당선

lks903@naver.com

■중앙일보/시

진열장의 내력

진열장의 내력

누르면 툭— 하고 떨어지는
아침, 샴푸 통 마지막 남은 몇 방울의 졸음 있는 힘껏 짜낸
김 대리는 네모반듯하게 건물 속으로 들어가
차곡차곡 쌓인다 날마다 김 대리의 자리는 한 블록씩 깊어진다
아래층 이 과장은 한 박스 서류뭉치로 처분되었다지
누군가 음료수를 뽑아 마실 때마다 덜컹 내려앉는 일과,
버려질 것을 아는 이들도 사방으로 설계된 빌딩 속으로
차례대로 몸을 누인다
모든 가게의 비밀은 진열장에 숨어 있다
이리저리 굴러다녀야 할 것들을 가득 담아 놓은 과일바구니
모인 것들은 축축한 바닥에 한 번 튕겨보지도 못하고
뿌연 먼지로 내려지는 셔터를 기다려
어둠 속으로 무른 멍 자국을 감춘다
바닥에 떨어지거나 모서리에 부딪쳐 생긴 것보다
서로에게 짓이겨 생긴 멍 자국에서 과일은
더 지독한 향기를 뿜는다
곪은 사람들로 붐비는 퇴근길은 진한 매연 냄새를 풍기고
김 대리는 살구를 고른다 먼지 닦아가며 고르다가 떨어뜨린
살구 한 알 탱탱하게 굴러가는 것을 본다
짓무르지 않은 것들은 저렇게 꿋꿋이 굴러다니는데

쌓여 있어 한 쪽으로 절뚝이는 것들아
살구를 주우러 가는 김 대리의 발자국에 통증처럼
저녁이 배고 높은 허공으로 신음처럼 새가 난다
곧지도 않고 함부로 꺾이지도 않는 길을 가는 새의 둥근 비행
그 아래서 김 대리는 둥글게 몸을 말아 살구를 줍는다

푸른 광장의 녹슨 잠

나는 서랍장 안에 잘 개켜놓은 투명한 배열 속의 호흡

겨울과 봄의 간격, 부유와 침몰의 간격,
때로는 대기의 안과 밖의 간격에서
일 년 내내 숨어 지내는 키득거림

철 지난 옷의 터진 실밥을 오랜 기다림으로
한 올 한 올 풀어헤치다 보면 그 긴 간격으로 벌어진
옷의 주인을 만날 수 있을 거라는

시간을 빨아들이는 제습기의 말
보이지 않는 음습한 목소리들을 삼키는 허공
입술 주름 사이에 숨겨둔 단어들까지 모조리 삼켜

말라 터진 건기의 입 속으로 기린이 들어온다
싱싱한 간격을 찾아 마사이마라 초원을 달려와
무성한 허공을 뜯어 긴 목에 빼곡히 쌓으며

한없이 목이 길어진 기린은 구름을 뚫고
대기를 뚫고 심장을 뚫고 올라가 나에게 말하지

여기까지 와 보면 안다 아무도 없다

나는 아무도 없는 간격에서 음습한 목소리를 먹고 자라는 고요한 석순

내가 이 방안의 일부이듯 천장에 피어 있는 곰팡이
후미진 방까지 비집고 들어온 음습한 시간을 너를 두고 생각한다
어딘가에 균열이 생겼고 오랫동안 물방울 입자 같은 단어들이
균열을 헤집고 벌려 틈을 만들고 또다시 균열을 만들고

균열이 생긴 만큼 방은 세상과 멀어지고 있다
물방울도 월세방 하나 차지하려고 안간힘 쓰는 세상에
수몰되어 나는 그 시간들을 채집할 뿐

아 시간은 서랍장 안에 가둬 놓은 투명한 배열
균열 속의 가지런한 허공

죽도

단단한 것은 얇은 겹으로 뭉쳐 있다는 것을
오늘에야 알았네 문 열지 않았다면
피멍처럼 시간을 쌓아두고
종일 뿌연 음지만 응시했을 죽도
다 해진 몸으로 벽에 기대 있네
창고 구석에서 대숲을 그리워하고 있던 것일까
폭풍을 기다리며 조금씩 일렁이던
수많은 갈래의 바람결, 몸통 깊숙이 스민 시린 기억들
나를 내려치려는 듯

이삿짐을 나르다가 TV를 놓치고 손가락을 찧고
뒤꿈치를 까이고, 그러기에 잠자코 있으라니까!
단단한 것들의 모질게도 짧은 생명력이란,
해진 아버지를 창고에 처박아 두고 싶네
단단한 것들은 모두 허물어지는 것일까
아버지에게 쓴소리를 하는 내가
이미 단단해져 있다는 생각이 텅—텅—
나를 향해 하염없이 날아오던 죽도처럼 텅—텅—
허벅지가 아려오네

바람이 분다
날 선 세월이 조여 온 만큼의 공간 안에 서서
바람은 불어 올 때야 비로소 바람이라는 것을 안다
죽도는 그렇게 숲의 가장자리에 서서 자랐을 것이네
자신을 내려치는 바람을 온몸으로 막아내려
촘촘히 줄기를 메워나갔을 것이네 아버지는
한 자루의 죽도, 쪼개지고 벌어지기 전까지
나를 단련시키던, 더 이상 불어닥치지 않는
아버지를 대숲에 두고 오네
비로소 나는 또 한 자루의 아버지

첨단세탁전문점 세탁반장

아파트단지 안으로 저녁이 찾아오는 길목
첨단세탁전문점 세탁반장은 희뿌연 명찰을 달고 있다
403호 아줌마의 끊어진 브래지어부터 옆집 노총각의 때 절은 와이셔츠, 코르덴 바지, 오리털 파카까지
취급하기 까다로운 고급원단에서부터 각종 침구류까지
몇 번 만난 적 있는 그에겐 없는 것이 없었다 세탁반장은
옷의 잡티는 물론 사람들 주름살까지 쫙쫙 펴주곤 하는 것이었는데,
그의 첨단화된 세탁방법에 대해 사람들은 알고 있던 것일까?

잠금장치의 혁명이라 불리는 디지털 도어록, 열쇠를 챙겨 다니지 않아도 된다는 편의성이 우리를 전자식으로 잠가놓았다 그 틈에 화재가 발생하면 수동 개폐장치 사용이 불가능해 현관문을 차단해 버리는 치명적인 결점이 드러났다
첨단은 가질 수 없는 것을 갖기 위해 몸부림치는 것인가 봐
밤새 젖은 어둠이 골목을 쓸고 가는 동안 방 하나 불타올랐다는데, 철창살 사이론 비명만 빠져나가고 녹아버린 전자식 잠금쇠가 일가족의 발목을 붙잡았다는데, 검은 가족들이 현관을 빠져나오지 못하고 방 안에 널브러져 있었다는데,

흉흉한 뉴스들이 사이렌처럼 기승을 부리는 저녁
모든 가질 수 없는 것들은 점점 첨단이 되어가고 세탁반장은
203동 말숙이의 치마를 다린다 언젠가 그의 세탁이 더욱
첨단이 되면 그의 간판은 내려질지 모를 일이다
온몸으로 드라이하고 스팀 다림질하는 세탁반장은 잔뜩 주름진
바지에게 분무질을 하고 꾹—꾹 누를 때마다
치익— 증발하는 소리를 낸다

전단지에 살던 노인

깊은 우물이라는 뜻의 데린구유는
종교탄압을 피하려 곳곳에서 도망쳐온 이들을
차곡차곡 쌓아두던 저장고
대규모의 지하 동굴이 서로 연결된 지하도시 데린구유는
더 심한 박해들을 불러 모았고 사람들은
너나할것없이 춥고 음산한 노동을 견뎌야 했다
피난민이 늘어날수록 그들은 동굴을 파고 또 팠다
수백 년 동안 진행되었던 땅 속으로의 은밀한 부양,
음지로 내려가는 것들은 스스로 유적이 되는 일
거대한 미로의 벽들은 수많은 플래시에 뜯겨나가
여기저기 흩날릴 준비를 하는지 잠시 흔들거렸다

홀로 누운 밤은 더디게만 흐르더라
깜빡 잠든 사이 두 달의 시간은 먼지처럼 쌓였다
문틈으로 버석대며 들어온 바람이
살점을 시간에 묻혀 날려 보냈을 거라
2년 만에 찾아온 손녀애가 수납장을 열자
노인은 부패한 채 꿈에 깊은 구덩이를 파고 있었다
아침마다 한 동씩 아파트가 솟아오르는 재개발지구에서
노인은 날마다 얼마만큼의 슬픔을 퍼 날랐을까

양지가 사라져가는 이 땅에서 노인은
스스로 유물이 되고 싶었던 걸까 수납장 속
오래된 방향제만큼 쪼그라들어 버려진 노인
관광객들처럼 늘어선 복지센터 임원들과 함께
행인들의 발길에 툭—툭— 차이던 그곳
행당4구역 재개발지구 노인의 깊은 유적지는
땅 속에 스미지 못하고 오래도록
아스팔트 위를 둥둥 떠다니고 있다

연못

허리 굽은 노인이 깊은 꿈 속으로
연못처럼 고이고 있는 새벽
선잠에 돛을 달아 물결을 따라가 보려 했지만
꿈은 어느새 몸을 뒤척여 자취를 감추고
노인은 오랫동안 나타나지 않았다
잠을 설치고 일어나 보니
갈현동 이 좁은 골목으로도 계절이 꺾여 들어오고 있었다
오랫동안 골목 위로 시간은 무수히 흘러갔지만
모퉁이 담벼락 앞에 다시 피는 산수유,
그러고 보니 시간은 그저 흐르는 것이 아니라
다시 돌아오는 것인지도 몰랐다
새벽 창의 중심부에 붙은 산수유를 따라
다닥다닥 눌어붙는 생각들, 순간
창의 가장자리로 한 노인이 고개를 내밀었다가 사라졌다
노인의 우연을 질문하지만 대답해주는 이는 없다
그렇게 어머니를 만나야 했다
잠을 설치고 부스럭댈 때마다
말없이 깨어 있던 어머니는 없다 살아 있다면
백발이 성성했을 어머니는
젊은 그대로의 모습만 보여주었다

늙은 어머니를 슬퍼하지 않아도 돼서 다행이다 하지만
젊은 어머니는 드물게 다시 찾아와
골목 위의 배 한 척 띄울 수 없는 연못처럼
밤 속에 고였다, 간다

꿈에 그리던 별 따다가 내 방에 걸어

그림자는 아무도 기대지 않은 벽에서 몰려와 잡풀 무성한 골목 안에 슬며시 몸을 풀어 놓고 갔다. 그런 날 밤이면 엘리베이터를 타기 위해 친구의 고층 아파트를 찾아가곤 했다. 나를 달로 화성으로 북극성으로 날라다 줄 것 같던 사각의 방. 한 번도 눌러 보지 못한 비밀의 버튼은 꽤나 높은 곳에 매달려 반짝였다. 별을 딸 수만 있다면 누구나 쉽게 올라탈 수 있던 공중의 꿈들.

그런 반짝이는 꿈들을 바라보는 것은 즐거운 일이었다. 갑작스런 당선 통보로 즐거운 나의 일상 하나를 잃게 되었지만, 별 하나 따다가 내 방에 걸어 놓을 수 있게 되었다.

낙선을 반복할 때마다 시 쓰기란 부질없는 짓이라는 생각이 들기도 하였으나, 끝까지 펜을 놓지 않을 수 있었던 힘은 어머니의 유언에 있었다. 어머니와 마지막 순간 꼭 좋은 시인이 되겠다고 약속한 지 7년 만에 당신과의 약속을 절반 지킬 수 있게 되어 기쁠 따름이다. 하늘에서 얼마나 흐뭇해하고 계실지, 그 미소가 오늘밤 계속 아른거린다. 사랑하는 어머니와 이 영광을 함께하고 싶다. 아직 너무도 부족한 나에게 시 쓰는 것을 허락해주신 심사위원 선생님들께 끝까지 살아남는 시인이 되리라는 약속과 함께 깊이 머리 숙여 감사드린다. 그리고 고등학교 시절 이토록 반짝이는 언어의 빛들을 처음 알려주신 양승준 선생님께 감사드린다.

또한 게으른 나를 항상 뜨겁게 채찍질하시며 시에게 목숨 거는 방법을 가르쳐주신 박주택 선생님께 감사의 말씀을 전하고 싶다. 열심히 쓰라고 언제나 따뜻하게 격려해주신 김재홍, 김종회 선생님과 이문재 선생님, 그리고 친자식처럼 보살펴 주신 최상진 선생님을 비롯한 여러 경희대 국문과 교수님들께 감사드린다. 끝까지 함께 시 쓰기를 약속한 재범, 은기, 규진, 진명, 은지, 현진을 비롯한 여러 경희문예창작단 선후배 여러분과 문학도로서의 삶에 나침반이 되어준 현대문학연구회의 선배님들께도 감사드린다. 또한 하늘새재 선후배들을 비롯해 따뜻이 관심 가져준 국문과 선후배들께 고마움을 전한다.

이밖에도 감사함을 전하고 싶은 분들이 너무도 많지만, 지면이 작은 것을 핑계 삼아 차후에 일일이 감사함을 전하겠다. 마지막으로 사랑하는 나의 아버지 임채순님를 비롯한 온 가족과 함께 이 기쁨을 누리고 싶다.

사물을 보는 시선 삶 전체로 향해

단 한 사람을 제외하고는 모두 낙선을 하게 되어 있다. 낙선한 한 사람으로 이 글을 읽을 것이다. 최소한 유심히 읽을 만한 사람은 그 낙선자일 것이다. 그러나 그들 중 누구도 심사소감에 동의할 사람은 없을 듯싶다. 실은 심사소감처럼 상투적이고 설득력 없는 글도 없다. 시대가 변해도 사람이 바뀌어도, 심지어는 응모된 작품들의 경향이 그렇게나 변해도 예나 지금이나 초지일관 심사소감은 새롭지 않다거나 아니면 유행을 탄다거나 낡은 전통에 매달려 있다고 말한다. 도대체 어떤 시를 쓰라는 말씀인가! 대안의 예를 제시해 주시든지……. 이렇게 투덜거릴 것이다. 심사위원 당사자들의 시나 글을 새삼 떠올리면서, 지적사항에 가장 많이 해당하는 자가 바로 당신이지 않은가! 그 원성이 들려온다(맞다! 모두가 선후에 서서 고투하는 자들일 뿐이다). 그럼에도 상투적인 심사평을 계속해서 늘어놓자면, 그럼 왜 그럴까. 새롭다고 느껴졌던 시가 바로 낡아지는 것을 볼 때가 흔하다. 유행을 타는 시다.

평론가들이 많이 언급하는 시인이 고전이 되는 것으로 착각한 소치이다. 젊은 문학도의 조급증은 눈앞의 물결을 수평선으로 착각하는 셈이다. 귀에 딱지가 앉도록 들어온 낡디낡은 주문이 있다. 과연 스스로에게 시는 진실眞實과 진심眞心의 몟목인가에 대한 되물음이다. '우선' 그것이 아니어서야, 그것이 느껴지지 않아서야 이 하찮은 '언어 상태'는 어디에 기댈 것인가. 그 되물음이 깊고 익어서 '방법' 을 낳고 '파괴' 를 낳고 다시 익을 때 '개성' 이라고 할 수 있으리라. 그래서 엄밀히 신인에게 개성을 요구하기보다는 가능성을 요구하는 것이 적절할 것이다. 진실한 발성인가가 그 가능성의 초점일 수밖에 없다.

잘 쓴 분들로 삼십여 분이 넘어왔다. 그중 어렵지 않게 세 사람으로 압축이 되었는데 임경섭 · 조율 · 이우성 제씨가 그들이다. 모두 삶을 감싸안으려는 생각의 두께가 다른 응모작들보다 치열하게 느껴졌기 때문이다. 조율 씨의 시는 생활의 이면에 있는 풍경들을 촘촘히 살피고 선명하게 내면화하는 매혹이 있었다. 「골목의 무릎」이며 「빨래방」 「세탁기」 등의 제목이 말해주듯 거창하지 않은 세목들이 거뜬히 시가 되었는데 일정한 패턴화가 단점이었다. 이에 비해 이우성 씨의 시들은 훨씬 언어미학적으로 경쾌한 맛이 있었다. 「어쩜 풍경이 멈춰 있다고 생각했을까」 「평생 먹을 수 있는 잎사귀가 정해져 있다면」 같은 시는 군데군데 알 수 없는 이미지의 돌출이 걸리긴 해도 삶의 풍경을 파악하는 감각이 새롭다고 보았다. 그러나 결정적으로 전체 응모작이 한 작품을 잘라 나열한 것이라 해도 될 만큼 각 작품에 초점이 모아지지 않았고 뒤쪽에 배열한 소품들은 서툴렀다. 가령 "오후의 냄새를 떠올리는 내일의 분주함" 같은 구절은 치명적이다.

임경섭 씨가 당선자가 되었다. 잘 썼다. 응모한 여섯 편의 시가 모두 고르다는 데 우선 점수가 주어졌다. 사물을 바라보는 시선이 초점을 잃지 않고 삶 전체를 향하고 있다는 점도 장점이다. 말이 세련되지 않은 것은 장점이자 단점인데 진지하고 끈덕진 면으로 보면 장점이고 필요 이상 시가 길어져서 여운을 빼앗는 점에서 단점이다. '잘 썼다' 는 것은 오래 습작한 흔적이 역력하다는 뜻인데 그것이 자신을 묶고 있다는 사실도 명심해 주길 바란다. 이, 외진 오솔길에 들어선 것을 축하한다.

위 언급한 외에 유병록 · 김상혁 · 남민영 · 이해강 씨의 시들이 아까

웠으며 더불어 결심에 오른 모든 작품은 심사위원이 진면목을 알아보지 못한 좋은 시들임을 잊지 말아 주시길 바란다.

심사위원 : 나희덕 · 장석남

정영효

1979년 경남 남해 출생
동국대 국문과 졸업
현재 동 대학원 재학 중
2009년 서울신문 신춘문예 시 당선

05ji@naver.com

■서울신문/시

저녁의 황사

저녁의 황사

이 모래먼지는 타클라마칸의 깊은 내지에서 흘러왔을 것이다
황사가 자욱하게 내린 골목을 걷다 느낀 사막의 질감
나는 가파른 사구를 오른 낙타의 고단한 입술과
구름의 부피를 재는 순례자의 눈빛을 생각한다
사막에서 바깥은 오로지 인간의 내면뿐이다
지평선이 하늘과 맞닿은 경계로 방향을 다스리며
죽은 이의 영혼도 보내지 않는다는 타클라마칸
순례란 길을 찾는 것이 아니라 길을 잃는 것이므로
끝을 떠올리는 그들에게는 배경마저 짐이 되었으리라
순간, 잠들어가는 육신을 더듬으며
연기처럼 일어섰을 먼지들은
초원이 펼쳐져 있는 그들의 꿈에 제祭를 올리고 이곳으로 왔나
피부에 적막하게 닿는 황사는
사막의 영혼이 타고 남은 재인지
태양이 지나간 하늘에 무덤처럼 달이 떠오르고 있다
어스름에 부식하는 지붕을 쓰고 잠든 내 창에도
그들의 꿈이 뿌려졌을 텐데
집으로 들어서는 골목에서 늘
나는 앞을 쫓지만 뒤를 버리지 못했다
멀리 낙타의 종소리가 들리고
황사를 입은 저녁이 내게는 무겁다

마방

마방은 설산이 녹을 즈음
겨우내 염장한 송이를 싣고 마을을 나선다
노을이 피멍처럼 산 위에 맺힐 때까지
벼랑의 허기를 뚫고 걷다,
먼지 씹은 말의 기침 소리를 들으며 땀구멍을 해열한다
저녁이 시작되는 곳에 천막을 치는 마방
풀벌레가 죽음을 예지한 울음으로 어둠을 물들이면
눈 속에 파묻힌 망령들이
다시는 마방이 되지 않기를 빌고
모닥불에 노래를 태운다
그때마다 그들은 내면에 갇힌 메아리를 노래에 섞어보지만
능선을 지나는 바람에나 잠시 인용될 뿐
사그라지는 불꽃을 재우는 연기의 경로와
협곡에 찍힌 구름의 지문으로 기후를 짐작해야 하는
마방에게 티베트의 고원은 신앙이다
마른 빵을 씹으며 적막과 동침하는 밤
담요 속에 웅크려 잠을 기다리듯 때로는
삶이 시간의 오지에서 홀로 체류해야 하는 것임을
그들은 알고 있다 그러므로
말이 제 발자국 냄새를 맡고 킁킁거리는 아침이 와도

서로의 눈빛을 묵인한 채
새들도 우회하는 하늘 아래
마방은 짐을 싣고 길을 떠난다

바람과의 여행

바람의 청자가 되어 오래 걸었다 그리고

어느 변방을 지나다 상인에게서 산 보이차
고원을 넘어오는 동안
보이차에는 바람의 무게가 더해진다는데 어쩌면
그건 무게가 아니라 바람이 놓고 간 음절이리라

경사를 오르며 읊는 경전처럼
상인들의 가쁜 입 속을 헹궜을 바람
차가운 저녁을 뚫는 말의 등을 밀며
제 살을 비벼 내는 소리가
차의 잎맥마다 살아 있다

떠나간 상인들을 생각하며
이역의 여관방에서 그 바람을 씹어본다
지금 그들은 모닥불에 둘러앉아 차를 마시며
날 때부터 말 울음소리를 배워야 하는 유년에 대해
길의 맥락을 앓던 밤에 대해 이야기하겠지
안개가 눕고 있는 고원 위에 입김이 짙어지면
달빛에 손을 비비며 추위를 견디겠지

밤사이 상인들의 젖은 몸을 뒤진 바람이
보이차의 음절에 더해질 텐데
잠이 오지 않아 꺼낸 편지지 앞
고향을 떠올리며 첫 문장을 쓰는 일이
그들의 표정을 이해하는 것처럼 어렵다
여행이란 잊었던 언어들을 더듬으며
내면의 이역을 찾는 시간인가
달빛이 낮은 조도로 윤색하는 방
나는 입 속에 맴돌던 바람을 풀어준다

우주 전파사

노인은 형광등의 멍처럼 쓸쓸한 눈으로 안경을 벗는다
음각이 새겨진 얼굴과 뒤틀린 다리
중심에서 이탈하지 않으려는 듯
몸은 앞을 껴안으며 휘어졌다
불룩한 천장 아래 놓인 라디오들에서
금성과 삼성이 이따금 반짝거리고
블랙홀에 빠져들듯 화면이 멈춘 텔레비전은
희미하게 교차하는 신호를 잡지 못한 채
시간과 공간을 잃어버렸다 세월도
보이지 않는 곳을 향해 빠른 속도로 빨려가고 있다
멀리 타전된 암호처럼
한 시절이 지나면 노인도 아득한 곳으로 전송될 것인데
잡히지 않는 채널이 켜진 듯 부스스한 유리문 밖
불빛에 갈라진 거리를 사람들이 지나갈 때마다
그의 눈은 월식처럼 어둡다
수리를 끝낸 텔레비전을 맨손으로 닦자
허공의 무늬를 따라 유영하는 먼지들
밤사이 어둠이 이 모두를 정리할 것이다
잃어버린 시간을 수신하기 위해 안테나를 세우고
노인은 접속을 기다리듯 코드를 꽂는다

고래

고래 한 마리가 누워 있다
심해처럼 컴컴한 지하도
입구를 걸어온 불빛도 드러눕는 바닥을
물살로 짚으며 고래는
몸을 구부려 파도를 게워낸다
오늘도 먹이를 찾아 인파 속을 회유했을 고래여
병든 지느러미를 삿대처럼 저어가는 그를
나는 어느 시장에서 본 적이 있던가
고래의 굽은 등을 사람들은 암초로 알고 피해 갔지만,
대해의 좌표는 모두 암초 위에 새겨지므로
어물전 고기 떼에 입을 뻐끔거릴 때에도
비린내 물고 사라진 후에도
나는 그의 행선지를 짐작할 수 있었다
고래는, 제 울음의 부표를 밟아가는
물길을 기억한다
거처 없이 출몰하는 모습은 오랜 습성이므로
깊은 밤에 허기처럼 찾아오는
바람의 맥박을 짚어 가면, 거기
고래가 울고 있을지도 모른다
추위가 몸 구석구석을 핥자

짠 내를 풍기며 떠는 고래
이내 어둠의 수면을 뚫고 사라지는

외풍 드는 방

어둠이 방을 훔쳐갔다 외풍에 떨며 깨자 누군가 생生을 던진 수면처럼 피부가 차다 태어나 처음 본 저녁으로 돌아가고 싶다며 죽은 친구의 체온이 이러했을까 병든 이의 성대를 훑거나 골방에 잠든 노인의 벌어진 입속을 거쳐 온 바람, 이생을 건너온 소리를 털며 지하 단칸에 삭막하게 가라앉고 있다 바람이 온기를 더듬고 인간이 사는 가장 낮은 고도에서 객사하고 있는 것이다 뜬눈 같은 문 아래 누워 있으면 다가오던 한기는 바람이 벗어놓은 여정이었나 영혼이 머문 방에서는 잠마저 비좁다 타인의 시간이 내게서 거처를 찾지 못하는 밤, 새들은 바람소리를 귓속에 넣고 아침을 찾아가고 있다 그러나 나는 천장을 가진 짐승이다

시라는 아포리아에서 계속 길을 잃고 싶다

'언젠가' 라는 말을 믿으며 지냈다. 그 '언젠가' 가 일찍 온 것인지 늦게 온 것인지는 모르지만 단어와 단어 사이, 문장과 문장 사이를 부유하던 밤들은 행복했다. 비록, 때로는 절망으로 때로는 자괴감으로 가득했던 순간들일지라도 그 속에 희망이 있었음은 분명하다. 그리고 모든 것이 지금이라는 출발을 만들기 위한 시간이었다고 확신한다. 시라는 아포리아에서 계속 길을 잃고 싶다.

감사드리고 싶은 분들을 호명하는 것으로 들뜬 소감을 채운다. 존경하는 어머니 서 여사, 사랑하는 누나들과 매형들. 시를 쓰는 걸 모르고 지내줘서 오히려 감사하다. 귀여운 조카들. 유성, 정우, 수인, 재욱에게도 지금만은 부끄럽지 않은 삼촌이 된 것 같다. 빈자리를 채워주신 삼촌들과 숙모들, 고모와 고모부께도 머리 숙여 감사의 인사를 올린다.

문학이라는 무거운 짐을 안겨준 동국대 국문과와 문창과 선생님들, 선후배들에게 모든 영광을 돌린다. 특히 홍신선 선생님과 김춘식 선생님, 허혜정 선생님이 아니었다면 이 글은 탄생하지 않았을 것이다. 내게 가장 엄한 독자였던 용목 형, 상우 형, 판식 형. 결핍과 오기를 키워준 덕희와 수호. 폭탄주 같은 시분과원들. 경성대 민족 국문과 사람들과 감전동 식구들, 그리고 나를 알고 있는 모든 분들께 감사드린다. 끝으로 부족한데도 기회를 주신 심사위원 선생님들께 치열하게 살겠다는 말로 인사를 대신하고 싶다.

삶의 체험을 유려한 시적 언어로

특별한 작품이 있었다고 말하기는 어렵지만 전체적으로 응모작의 수준은 높았다. 현실투쟁적인 작품을 찾아보기 어렵다는 것도 금년도 응모작들의 한 경향이었으며 추상적 의식을 실험하는 작품도 크게 눈에 띄지 않았다.

예심을 거쳐 본심에 올라온 열 분의 시편을 읽은 뒤 최종심의 대상을 네 편으로 압축하였다. 류성훈의 「월면 채굴기」, 최호빈의 「얼음묘지」, 정영효의 「저녁의 황사」, 정재영의 「윤회」 등이 그것이다. 「월면 채굴기」는 사물을 관찰하는 시각도 독특하고 언어구사도 유려했다. 「얼음묘지」는 이미지의 전개가 참신했으며 「저녁의 황사」는 상상력의 전개가 돋보였다. 「윤회」 또한 나무의 생애를 통해 인간의 삶을 유추하는 통찰력이 자연스러웠다. 장점과 더불어 단점도 각각 가지고 있었는데 심사과정에서 우리들이 주목한 것은 체험의 구체성이었다. 언어의 유려함도 중요하지만 자신의 체험을 어떻게 형상화시키느냐에 관심을 가지고 응모작을 검토하였다.

최종적으로 「월면 채굴기」와 「저녁의 황사」가 검토의 대상이 되었는데 두 편의 시가 만만치 않은 수준을 지니고 있어 상당한 시간 동안 논의를 거듭하였다. 「월면 채굴기」는 “병들도 힘 빠질 무렵”과 같은 뛰어난 구절을 구사하는 시적 능력을 보여주고 있었으나 후반부 처리가 조금 약해 보였다. 같은 응모자의 「하늘은 연직선 쪽으로」도 함께 논의했으나 체험의 구체성이 조금 부족하다고 판단되었다. 「저녁의 황사」는 사막으로부터 발 딛고 있는 현실로 상상력을 끌어오는 상상력이 자연스러웠으며 “사막에서 바깥은 오로지 인간의 내면뿐이다”나 “연기처럼 일어섰을 먼지들"과 같은 구절들을 통해 자신의 표현 능력을 보여주었다. 다른 응모작 「마방」이나 「바람과의 여행」이 영상물을 통한 간접 체험을 다룬 것이라면 「저녁의 황사」는 우리가 살고 있는 현실에서의 이야기를 유려하게 형상화했다는 점에 우리들은 주목하였다.

그렇다고 해서 「월면 채굴기」와 「저녁의 황사」가 질적으로 큰 차이가 있다는 것은 아니다. 두 분 다 충분히 당선권에 드는 작품이라고 판단하였지만 전체를 아우르는 한 편의 작품을 정해야 하는 아쉬움을 가질 수밖에 없었다.

심사위원 : 황동규 · 최동호

조 원

1968년 경남 창녕 출생
동의대학교 미술학과 졸업
현재 〈잡어〉 동인
2009년 부산일보 신춘문예 시 당선

acac1018@hanmail.net

■부산일보/시

담쟁이 넝쿨

담쟁이 넝쿨

두 손이 바들거려요 그렇다고 허공을 잡을 수 없잖아요
누치를 끌어올리는 그물처럼 우리도 서로를 엮어 보아요
뼈가 없는 것들은 무엇이든 잡아야 일어선다는데
사흘 밤낮 찬바람에 찧어낸 풀실로 맨몸을 친친 감아요
그나마 담벼락이, 그나마 나무가, 그나마 바위가, 그나마 꽃이
그나마 비빌 언덕이니 얼마나 좋아요 당신과 내가 맞잡은 풀실이
나무의 움막을 짜고 벽의 이불을 짜고 꽃의 치마를 짜다
먼저랄 것 없이 바늘코를 놓을 수도 있겠지요
올실 풀려나간 구멍으로 좇아 들던 날실이 숯덩이만 한 매듭을 짓거나
이리저리 흔들리며 벌레 먹힌 이력을 서로에게 남기거나
바람이 먼지를 엎질러 숭숭 뜯기고 얼룩지기도 하겠지만
그래요, 혼자서는 팽팽할 수 없어 엉켜 사는 거예요
찢긴 구멍으로 달빛이 새어나가도 우리 신경 쓰지 말아요
반듯하게 깎아놓은 계단도, 숨 고를 의자도 없는
매일 한 타래씩 올을 풀어 벽을 타고 오르는 일이
쉽지만은 않겠지요 오르다 보면 담벼락 어딘가에
평지 하나 있을지 모르잖아요 혹여, 허공을 붙잡고 사는
마법이 생길지 누가 알겠어요

따박따박 날갯짓하는 나비 한 마리 등에 앉았네요
자, 손을 잡고 조심조심 올라가요
한참을 휘감다 돌아설 그때도 곁에 있을 당신.

시루 속 콩나물

낡은 영혼만 수감하는 곳을 아시나요
사방은 벽뿐이고 검은 모자를 눌러 쓴 이들
이곳엔 독방이라곤 없지요 혼자 명상하게 두거나
고독만큼 자유로운 건 없으니까
빵이나 곡물은 기대하지 않는 게 좋아요 물만으로 포만감을 가지는
당신은 아주 오랫동안 하늘만 응시했고
빗장을 풀어 어린 새를 훨훨 날려 보냈어요
병뚜껑마저 문장으로 탈바꿈시킨 당신은
세상에 의문부호만 가득 찍어댔지요 술 아닌 건 맹물이라고
비틀거리는 공룡 뱃속을 아직도 상상하고 있군요
낙타에게 키스를 퍼붓던 기억은 제발 뇌리에서 삭제시켜요
벽을 통과하는 일이 유죄라는 사실 모르나요
달의 그림자를 태양이라 떠벌리기 시작하더니
아침이 점점 어두워지고 있어요
구름 위로 이주신청까지 해 놓은 나무들
바람은 노인의 지팡이마냥 느릿느릿 걷고 있는데
바다를 침실로 사용하려는 당신
잡초 무성한 묘지로 탈출하려는 당신
평생을 외발로 사는 벌이 무섭지도 않은가요, 마치 인어처럼
다리의 비늘만 보고 있군요, 이젠 잠수를 하시고 싶다?

전류를 펴 나르며 촉수 곤두세우는 전봇대가 보이지도 않나요

언제 영혼이 뽑혀나갈지 모를 당신
계속 그렇게 아삭거리기만 하실 건가요?

화투 치신다

아침 밥상을 물리고 심심해진 두 모녀
할머니는 벽에 기대 어긋난 틀니를 딸깍이고
어머니는 국화, 매화, 난초, 단풍
입소리 내어 화투 패 맞추신다
보청기에서 파리 끓는 소리 난다
철 수세미로 내장을 씻는 것 같다 하시더니
묵은 말씀 아프지도 않고 술술 나온다
둘째딸 죽어 묻을 적에
울다가 코피 터진 말씀부터
할아버지 묻고, 못 먹어서 굶어죽은
큰아들까지 묻고 나면
흘깃 흘깃 늙은 딸의 훈수를 기다린다
씨알 한 톨 자라지 않는 레퍼토리
어머니는 비광이다 똥광이다
우스갯소리 샛길로 빠지려 하고
바람난 할아버지 바짓가랑이 찢듯
짝 지어둔 화투 패 흩치는 할머니
떨어진 팔광 보름달이
은빛 동전으로 보이는지
엄지 검지 갈고리 세워 화투 패 후벼판다

어머니는 슬그머니 동전을 꺼내
보름달 위에 얹어 주신다

풀잎 철공소

폭우로 풀잎이 꺾였다
뿌리마저 훤하게 드러나자
늙은 지렁이가 기어나간다
성한 곳 없는 풀의 세상
흙탕물 겹겹이 뒤집어쓴
풀이 풀답게 살지 못하고 울어댄다
껍질 벗겨진 나무 등걸에 기대
톱니처럼 쩌르릉거리다 마침내 웅웅거리는
풀들의 속울음 속수무책 바라본다.

풀잎도 강해지고 싶은 걸까
몸이 녹초가 될 때까지 뜨겁게 달구어져
쇠붙이로 다시 나고 싶은 걸까
빗줄기 거칠게 두들긴
무너진 강둑에서 비탈에서
푸시시 날선 잎 식히고 달구어
쩌렁 쩌렁 강철 소리 나는
그런 풀을 만나고 싶다
제 뿌리 튼튼하여 푸르게 녹슬다
숫돌에 젖은 잎 쓰윽 쓱 갈아대는.

아파트 옆 단풍나무

반여 농수산물 생선가게에는
내장을 끄집어내는 그녀의 손이 있네
단풍을 닮은 그녀의 피 묻은 손
반지름 구하다 원 밖에서 잠든 아들이
거대한 정원을 그리는 동안
소금기 없이 돌아오던 그녀
울창한 나무가 우뚝 선 동네
옥수수처럼 돋아난 불빛을 보네
달깍 달깍 저녁을 비우고
디저트용 붉은 열매 따 먹고 있는

새엄마 싸리 빗자루에 바동바동 쫓겨났던 일 기억나요 수저 그림자 떠다니는 밥상, 식구들 웃음소리 창문으로 내비치면 얼어붙은 수도꼭지에서 달빛 한 덩이 녹아 내렸지요 마지막 그릇 비워질까 바깥을 서성이던 나는 밥풀 같은 흙모래 싹싹 긁었어요 반쯤 잘린 어둠이 싫었어요 온 집안 스위치를 내리고 까맣게 타 버리고 싶었지요

사시사철 푸른 숲에서
무수한 열매를 따 내는 손
울창한 나무로 살아가며

저토록 밝은 불빛을 피우는 걸까
베란다에는 흔들리지 않고
층층이 말라가는 빨래가 있네
수리수리 마수리 무엇이든 수리되어 나오는
신기한 마술의 집

“내 붉은 손가락에도 아가미를 달아줘요”
얼어붙은 물길을 휘젓고 싶은 그녀
정원이 그려진 골목으로 바스라져 가네

그녀 1

그녀는 아래층 여자다

실크 블라우스와 스커트 벨트가 눈부시다
또각또각 굽 높이 7센티 하이힐의 그녀
까만 봉지 틀어쥐고 우연히 마주친
펄이 들어간 입술 살짝 올리는 것으로
허리 굽힌 나의 인사 가볍게 받아 넘기는 그녀
그녀를 마중온 것처럼 승강기가 열린다
봉지 속 생선 냄새와 로즈마리 향이
미묘하게 뒤섞이는 엘리베이터
그녀는 거울을 보며 피부 트러블 달랜다
핸드폰으로 업무 지시 내리다가
은빛시계 한두 번 들여다보다가
내 신발과 다리와 까만 봉지로 눈길 옮기던
그녀가 또각또각 내리고
그녀를 비추던 거울 속 내 얼굴 뒤로 둔 채
늦은 저녁
생선 한 토막 흔들어 씻는다
지금쯤 욕조에 담겨 있을 아래층 그녀
보풀보풀 비누거품 샤워기로 벗겨낼 때

뾰족한 칼날로 비늘 쳐 낸다
조선간장처럼 시커멓게 졸여진 밤

그녀 위에 눕는다

시퍼런 배춧잎 같은 시를 쓰겠습니다

초등학교 때 나는 자주 옆길로 빠졌다. 실개천을 끼고 있는 쓰레기 하치장에서 병뚜껑, 깨진 그릇, 털 뽑힌 인형, 몽당연필 보석 같은 소꿉놀이에 정신 팔려 학교를 가지 않거나 지각을 하기 일쑤였다. 지금 그렇다. 철없고 맹목적이던 어린 시절처럼, 이른 밤 시와 지내다보면 어느새 두 아들의 등교시간이 부산스러웠다. 써 놓은 시가 잘 있는지 시간마다 만지작거렸다. 만지다 보면 상처나고 스쳐간 모든 것들이 눈물나게 하였고 꿈틀거리게 하였다.

문을 두드릴 땐 몰랐으나 들어선다 생각하니 앞이 캄캄합니다. 한발짝도 걷기 힘든 늪이거나, 하늘마저 보이지 않는 정글에 빠질까 두렵습니다. 시 한 편 내밀 곳 없이 혼자 걸어왔듯이 아프며, 아물며 헤쳐 가도록 하겠습니다. 내세울 것도, 재주도, 능력도 없습니다. 속살 끌어안느라 칼바람에 시퍼렇게 멍든 배춧잎 같은 시를 쓰고 싶습니다.

늘 가슴속에 계셨던 김창근 교수님 건강하십시오. 노원희 교수님, 마경덕 선생님, 이상윤 선생님 감사드립니다. 늦게나마 인연 맺은 〈잡어〉 동인 모든 님들께 고마운 마음 전합니다. 애간장만 태운 딸을 아직도 가슴에 품고 계신 어머니 아버지, 시 쓰는 일에 몰두하는 아내가 보기 좋다는 남편, 강이, 산이, 가족 모두 사랑합니다. 재주 없는 저에게 귀한 자리를 펴 주신 부산일보사에 거듭 감사의 인사 올립니다.

사랑해도 된다, 걸음해도 된다며 빗장 열어주신 심사위원님께 큰절 올립니다. 열심히 사는 모습으로 보답하겠습니다.

격조 높은 사랑 고백 그윽한 울림

따로 예심을 거치지 않고 심사위원 세 사람이 응모 작품 전체를 나누어 읽었다. 생각과 말의 균형이 일그러져 있거나, 유행을 추수하고 있거나, 겉멋에 치우쳐 있거나, 지나치게 수다스러운 작품들을 제외하고 일차적으로 서른 명 남짓을 추렸다. 이를 다섯 명으로 줄이는 데 시간이 오래 걸렸다.

이서진 씨의 「물의 씨앗」은 어조가 활달하고 상상력의 전개가 볼 만했으나 관념을 구체화하는 데 미흡했다. 이와 반대로 이규 씨의 「해바라기 노란 열쇠」는 시가 대상의 구체적 형상화라는 점을 잘 알고 있지만 아버지의 부재와 관련해서 독자를 설득하지 못하고 있다. 그리고 최정아 씨의 「그의 우화羽化」는 재기 넘치는 상상력과 감각으로 일상을 성찰하는 시인데, 그 상상력이 크게 확대되지 않아 아쉬웠다.

김승원 씨의 「다시, 봉천고개」와 조원 씨의 「담쟁이 넝쿨」은 말하고 싶은 메시지를 능숙하게 끌고 가면서 일상적인 소재를 적절한 이미지와 결합하는 능력이 돋보였다. 다만 김씨의 작품은 일부 상투적인 표현을 노출하고 있어 아깝지만 뒤로 제쳐두기로 했다.

당선작 「담쟁이 넝쿨」은 담쟁이 넝쿨이라는 시적 대상에다 건강하고 격조 높은 사랑의 고백을 매우 탁월한 기법을 이용해 얹어놓았다. 이 시가 발산하는 그윽한 울림을 우리 모두의 것으로 받아들여도 좋을 것이다. 함께 응모한 「시루 속 콩나물」의 대담한 상상력도 이 시인을 믿음직스럽게 만들었다. 축하드린다.

심사위원 : 김종해 · 강은교 · 안도현

최정아

본명 : 최정순
경기도 수원 출생
장안대 문예창작과 졸업
중앙대학교 예술대학원 문예창작전문가과정 수료
2009년 매일신문 신춘문예 시 당선

cjss5246@hanmail.net

■매일신문/시

구름모자를 빼앗아 쓰다

ㅁ매일신문 당선작

구름모자를 빼앗아 쓰다

한떼의 구름이 내게로 왔다. 한쪽 끝을 잡아당기자 수백 개의 모자들이 쏟아졌다. 백 년 전에 죽은 할아버지의 모자도 나왔다. 그 속에서 꽹과리 소리와 피리 소리도 났다. 할아버지는 끝이 뾰족한 모자를 쓰고 어깨 흔들며 춤을 추고 있었다. 할아버지의 아버지는 삼십 년 전에 죽은 아버지의 모자를 긴 손에 들고 이름을 부르고 있었다. 나는 그 모자 속에서 망사 모자를 집어들었다. 망사 모자를 쓰자 세상도 온통 모자로 가득했다. 빌딩이 모자를 쓰고 있었고, 꽃들은 모자를 벗겨달라고 고개를 흔들고 있었고, 새 떼들은 모자를 물고 날아갔다. 수세기에 걸쳐 죽은 친척들도 줄줄이 모자를 쓰고 따라오는 것이 보였다.

사람들은 소리를 지르고 할아버지는 꽹과리를 치고 새들은 노래를 부르고 나는 그들을 데리고 바다로 간다. 둥둥둥 북을 친다. 풍랑에 빠져죽은 영혼들이 줄지어 걸어 나온다. 파도에게 모자를 던져준다. 모자를 쓴 파도가 아버지처럼 걸어온다. 갈지자로 걸으며 손을 흔든다. 친척들은 환하게 웃으며 춤을 춘다. 아버지가 두루마기를 입고 넘어진다. 그러나 아버지는 영영 일어서지 못한다. 아버지 모자를 다시 구름이 빼앗아간다.

해바라기 나침반

구레나룻 그 사람
무척 차가운 성격이란다
그의 가슴은 냉기가 흐르고
찬바람 일으켜 사람들을 놀라게 한다
그가 가리킨 곳을 바라본다
한번쯤 떠돌아다니고 싶은데
방향 무시하고 물처럼 마음대로 흘러가고 싶은데
그는 변함없이 한 곳만 집중하라 한다
그 모습에서 나도 무수히 절망한다

그런 그에게도 따뜻한 가슴 있다
내게 때론 부드러운 미소 보내며
고개 흔들어 줄 때가 있다

오늘도 난 그와 함께 한쪽 방향으로만 존재한다

세한 달

달은 칼을 갈았다

퍼렇게 날 세워

뜰의 낙엽들을

긴장시켜 놓고 갔다

나는 그 칼에 베이지 않으려 문을 닫았다

달은 제 몸 싹둑 자르고 사라졌다

달의 피가 사방으로 흩어지고

강바닥에다 칼도 수없이 꽂아놓았다

다시 창문을 열자

그 칼들이 창을 타고

내 방으로 들어왔다

나는 그중 가장 날카로운 칼을 입에 물었다

슬픔

느닷없이 해일 밀려드는 날이 있다
몇날 퍼내도 계속 밀려드는 물
빠져나가려 하면 할수록
몸은 무거워지고 바닥 물고기들이
진흙 뒤집어쓰고 마지막 숨을 헐떡인다
문을 밀고 밖으로 도망친다
쩍 금간 길이 입을 벌리고 삼킬 듯 째려본다
나도 길을 한참 째려본다
길이 나를 무시하고 등을 돌린다
길 위에 벌렁 누워 뙤약볕에 몸을 말린다
안에 고여 있던 물이 울컥 쏟아진다
물에서 물고기 썩은 냄새가 난다
수분이 증발되느라 경련도 일어난다
한참 후 돌아와 문을 열자
축축한 사물들이 일제히 쏘아본다
고집불통의 사물들을 밖으로 마구 집어던진다
진흙 뒤집어쓰고 찌그러지면서 구시렁거린다
해일이 빠져나간 집
축축해진 내부가 좀처럼 마르지 않는다
또 언제 해일이 일어날지 몰라 나는
방파제와 자주 시비를 붙는 습관이 생겼다

나를 살피고 있는 불안

한겨울에도 반바지 입고
빨간 넥타이 매고 빨간 양말 신고
뿔 달린 모자 쓰고
파안대소 웃음소리 내며
능청스레 걸어와서
하얀 드레스 입혀주며
춤추자고 허둥대며 발등 밟고
예의도 없이
불온한 눈빛 쏘는 너
너를 피해 달아나려 하면
나를 죽은 나뭇가지에 걸어두고
도망치려 하면 먼저 앞에 가서 지키고 있고
예의도 없이 아무 곳에 불쑥 나타나
일 그르치게 하고 신호도 무시하고
내가 들녘으로 나가자고 하면
방문 걸어 잠그고 안에만 있고
비 오면 눈물까지 찔끔거리다가
내 잠들면 방을 빠져나가
새벽녘 소주병 들고 들어와
혼곤한 잠 깨우며 다시 내 몸 더듬고

이슬이 사라지기까지

혼자 있을 때 나는 더 둥글어져요
여럿이 마주치면 투명해지겠지만
몸 함부로 섞을 수 없어
힘 다 빠질 때까지 매달려 있을래요
초록 잎 위
아침 햇살 다가오면
짧은 생
이대로 사라져 버릴지 몰라요
이른 새벽 여럿이
서로 쳐다보는 것으로 만족해요
가까이 가려 하면 그 순간
우린 굴러 떨어질 겁니다
떨어져 부서지는 아픔은 싫어요
초롱초롱한 눈 뜨고 있는 게 더 좋아요
새들 소리가 들려오는군요
이제 그런 꿈도 다 날려버린 후
멀리 달아나 호수 위 배회하며
저녁 종소리나 들을까 봅니다
내가 아름답게 산다는 것 종소리 같은 것이니까요

내 안의 물고기 정체 이제야 알게 돼

먼저 저의 졸작을 뽑아주신 박재열, 안도현 선생님께 감사드립니다.

당선 소식을 접하는 순간 왈칵 눈물부터 쏟아졌습니다. 이게 사실인가. 아닐 거라고 부인해 보았습니다. 그랬더니 눈물이 더 나고 울음까지 터져 나왔습니다. 마음을 가다듬고 얼굴을 드니 먼 행성으로 가는 길을 찾아나서는 것처럼 앞이 까마득해 보였습니다. 그런데 내 안에선 또 뭔가 꿈틀거리는 것도 있었고요.

중학교 때 아버지를 한줌의 재로 바다에 뿌리면서 소녀 시절부터 허무를 먼저 알게 되었습니다. 그리고 그때부터 꿈을 자주 꾸게 되었습니다. 그 꿈은 빛이 화려하고 아름다운 상상 속의 물고기 같았습니다. 나는 그 물고기를 잡으러 이 바다 저 바다를 돌아다녔습니다. 그러나 잡을 수가 없었습니다. 알고 보니 그 물고기가 바로 내 안에 있었고 어두운 강을 거슬러 오르려고 그동안 몸부림치고 있었음을 이제야 알게 됩니다. 물고기를 잡게 해준 중앙대학교 예술대학원 김영남 선생님, 정말 감사합니다. 그 동안의 채찍이 이렇게 큰 영광으로 돌아올 줄 몰랐습니다.

이제 그 물고기를 꺼내 넓은 바다로 보내야겠습니다. 이유 없이 투정부리면 묵묵히 받아준 남편, 함께 공부하며 큰 힘이 되어준 정동진 회원 여러분들과도 이 기쁨을 함께 나누고 싶습니다. 일 년 전에 돌아가신 어머님께도 이 영광을 올립니다.

외계 · 내면 넘나드는 기량 만만찮아

예심을 거친 21명의 작품을 읽으면서 대체적으로 신선한 감각에 호감이 갔다. 그러나 거개의 작품이 산문적인 발상이거나 묘사에 그쳐 있어서, 패기 있는 언어의 구조물이라는 느낌은 주지 못했다.

시가 삶이나 자연의 단순한 재현이 아니라 그것을 새로운 시각으로 재창조하는 과정이라면 그 과정에는 날카로운 인식과 상상력이 요구된다. 그런 뜻에서 최정아의 「구름모자를 빼앗아 쓰다」, 이정희의 「광흥창문 두드리는 것들」, 류화의 「그녀의 검은 봉지」, 김승훈의 「곤달걀의 비명」, 김지훈의 「바다 복사실」, 이담의 「천상열차분야지도」, 정학명의 「구름정원의 기억」 등은 사물을 보는 독창적인 시각으로 해서 시의 기초가 튼튼하였다. 그러나 「그녀의 검은 봉지」는 이야기체를 못 벗어나는 한계를 보였고, 「천상열차분야지도」는 가상의 공간을 제시하는 만큼 리얼리티가 부족한 것 같았고, 「곤달걀의 비명」은 곯아버린 병아리에 대한 섬세한 묘사는 돋보였으나 강한 인상을 줄 만한 이미지가 없다는 점이 아쉬웠다. 「광흥창문 두드리는 것들」은 베란다의 식물을 극화한 것은 신선했으나 역시 식물들의 구체화가 아쉬웠다.

「바다 복사실」, 「구름정원의 기억」, 「구름모자를 빼앗아 쓰다」는 현실과 상상, 외계와 내면을 무리 없이 넘나드는 만만찮은 기량을 보여주었다. 「바다 복사실」은 재깍거리는 복사실의 이미지를 바다 이미지와 멋지게 오버래핑했음에도 불구하고 통일된 효과를 내는 데는 미숙해 보였다.

「구름정원의 기억」은 터프한 호흡이 매력적이었지만, 사물을 형상화하는 능력에서는 「구름모자를 빼앗아 쓰다」만 못했다. 최정아의 이 작품은 활달한 상상력에서 터져 나오는 내면세계가 제의적祭儀的으로 살을 채워나가면서도 상당한 예술적인 즐거움과 깊이를 주어, 당선작으로 선정하는 데는 긴 논의가 필요 없었다.

심사위원 : 박재열 · 안도현

시조

신춘문예 당선 시조

김보람

1988년 경북 김천 출생
계명대학교 미술대학 공예디자인과 2학년
2008년 중앙신인문학상 시조 당선

polaris6131@hanmail.net

■중앙일보/시조

안단테 그라피

안단테 그라피

자취생의 하루는 몇 그램 향기일까
편지 뜯듯 풋풋하게 바람과 마주하면
은은한 풍금소리가 메밀꽃처럼 피곤했다.

홀로라는 말 속에는 현재형이 숨어 있다
낡은 나무의자에 헐거워진 못들처럼
전설의 가시나무새, 휘파람을 엿듣는다.

느리게 좀더 느리게 생각의 깃 세운다
마음껏 헤매고 마음껏 설레고 나면
노을진 지붕 아래로 또 하루가 놓인다.

컴퍼스를 돌리며

곧추세운 두 다리가 둥글게 전율한다
팽팽히 감겨오는 내 안의 푸른 시간
생각은 흩어졌다 모였다
좌표 밖을 떠돈다.

바늘 구멍을 따라 꼭지점은 깊어지고
실선은 또 한 치의 오차도 용납치 않아
꿈 밖에 내던진 꿈들이
굴렁쇠를 굴린다.

막 찾은 이정표 안고 뜨겁고 긴 숨 고를 때
투명한 도화지에 가득 고이는 시선
잴수록 부푸는 동심원,
모든 것은 투각이다.

악보 위의 시詩

경쾌한 음보들이 놓쳐버린 서사들이
팽팽한 오선지 마디마다 얽혀 있다
무작정 대질러 가면 길은 환히 열릴까
시선 따라 떠돌다 손끝에 머문 시간
리듬은 들뜬 채로 출렁이며 또 숨죽이며
몇 겹의 소리와 문자로 먼 역류를 꿈꾼다
길 밖의 많은 것들 오선지를 타고 온다
가까스로 밝힌 촛불 음표 위에 달아놓고
도드리 도드리장단에 오래 발길 머문다.

낙엽 지다

겨울나무 거스러미가 풍경으로 흩어졌다
손톱뿌리 반달 속에
오래 남은 피멍이듯
구석에 몰려온 잎들, 들썩임도 멎었다.

벗을 것 다 벗고야 오롯이 남은 가지
서늘한 눈빛들이
실밥처럼 터져 나와
더디게 지는 햇살을 촘촘히 잡아맨다.

낙엽 지면 숙제로나 남겨둘 일 있을 게다
바람이 떠난 자리,
서늘히 남은 온기
까칠한 나뭇결 안고 스러지는 붉은 하오.

감기

윤곽을 잃은 채 당신에게 그만 젖다

지독하게 인색했던 눈빛마저 다 풀렸다

온몸에 열꽃을 피운다
둥두두둥 북이 운다.

가을 데생

— 감밭에서

이제 더는 풋감들을 돌아보지 않으리
그 떫은 입맛보다 속살 깊이 쟁여 둘
허공에 흩어진 향기를
주섬주섬 담으리.

손톱이 무르도록 절절 끓는 잎맥들이
잘 닦은 하늘가에 명암을 남기더니
푸석한 내 눈썹 위에 덧쌓이는 감빛 언어

겨우 익어가는
설겅설겅한 나의 시여
시린 사랑니로 여윈 몸을 다독이며
쓰다 만 감잎 편지를 꼬깃꼬깃 접고 있네.

시조와 함께한 10대… 여전한 설렘

사람 사는 집이지만 말소리가 들리지 않고, 며칠쯤 벗어나도 온전한 집이 혼자 사는 사람의 집입니다. 그런 자취생의 하루는 얼마나 딱딱하고 건조할까요.

가끔 한 발자국 물러서니 세상은 참 아름답습니다. 그 풍경을 예쁘게 그려보고 싶은 마음 간절했습니다.

꾹 품고 있던 작품을 내어놓던 날, 바라만 보아도 가슴 벅차던 첫눈이 내렸습니다. 그 설렘 간직하며, 시조가 걸어온 먼 길을 차근차근 되짚어 보려 합니다.

고교시절, 문예부 친구들과 시인학교에 참가하고 백수 시조 백일장에서 글을 쓰던 그때부터 제 삶도 시조와 함께 했나 봅니다.

저는 아직 시조를 모릅니다. 하지만 그 불씨 잘 간직하며 더 열심히 다듬고 공부하겠습니다.

유연한 상상력, 풋풋한 서정 빛나

올해 중앙신인문학상은 그 어느 해보다 경쟁이 치열했다. 연말 결선답게 대부분의 작품이 일정 수준 이상의 기량을 보여줬다.

김대룡 · 김보람 · 이재경 등 20대와 배경희의 작품이 논의 대상으로 모아졌다. 배경희는 감각적이고 세련된 이미지 구사로 시적 안정성이 돋보였지만 성장 가능성에서 밀렸다. 이재경은 때묻지 않은 상상력과 현실적 체험을 심화하는 역량이 뛰어났지만 시조율격 운용이 미흡하다는 지적이 있었다. 심사위원들은 김대룡과 김보람의 작품으로 압축해 다시 숙고에 들어갔다. 김대룡은 시적 형상화와 완성도 측면에서 탁월했다. 하지만 작위적인 느낌이 들고 난해하다는 문제가 지적됐다. 김보람은 조금 덜 다듬어져 완성도가 떨어졌지만 유연한 상상력과 풋풋한 서정의 세계를 보여준다는 평을 얻었다. 서로 다른 무늬의 두 사람을 놓고 논란이 벌어졌다. 심사위원들은 결국 김보람의 가능성에 점수를 줘 「안단테 그라피」를 최종 당선작으로 선정했다.

심사위원 : 이승은 · 박기섭 · 이지엽 · 정수자 · 홍성란 · 권갑하

김영희

1967년 대구 출생
2006년 중앙일보 시조백일장 4월 장원
열린시조학회 회원
2009년 동아일보 신춘문예 시조 당선

kind0823@hanmail.net

■동아일보/시조

연어를 꿈꾸다

연어를 꿈꾸다

시작이 끝이었나, 물길이 희미하다
매일 밤 고향으로 회귀하는 꿈꾸지만
길이란 보이지 않는 미망迷妄 속의 긴 강줄기

바다와 강 만나는 소용돌이 길목에서
은빛 비늘 털실 풀듯 올올이 뜯겨져도
뱃속에 감춘 꿈 하나 잰걸음 꼬리친다

내 다시 태어나면 참꽃으로 피고 싶다
붉은 구름 얼룩달록 켜켜로 쌓인 아픔
흐르는 물 속에 풀고 가풀막을 오른다

끝없이 이어지는 도저한 역류의 몸짓
마지막 불꽃이 타는 저녁 강은 황홀하다
비로소 바람에 맡겨 눈 감고 몸을 연다

이별, 늦가을 수화

낙엽 소리 머무는 늦가을 창가 너머
웃음 띤 얼굴 뒤에 느낌표 하나 애절한데
점점이 투명한 은유로 흔들리는 정류장

가랑비 바람 타고 사륵사륵 내려앉아
하이힐 두드리며 돌아서고 넘어지고
쪽물 든 우산 아래로 올망졸망 헤엄친다

그 표정 믿을 수 없어, 머리를 가로젓는
레인코트 그들 틈에 먹구름 끼어들고
잔잔히 메아리로 앉아 맴도는 둥근 현기증

붙잡아도 떠나가는 저물녘 엇길에서
아른아른 손짓눈짓 귀 두드리는 낮은 독백
꽃잎에 물 기운 스민 황국화 지고 있다

비상구

길거리 방황하다 미로 속에 갇혀버린
콘크리트 공사장에 된바람 스러지고
겨울이 흰 깁스하고 애면글면 투병 중이다

고엽에 링거 꽂은 암 병동 문틈으로
소독 냄새 계단 타고, 들숨날숨 가르랑대는
하루가 무거운 잠으로 시트에 실려 간다

수액이 혈관 타고 야윈 등 바림질한다
가시 쓰린 발을 딛고 어슬녘에 길 떠나는
저 먼 길 드리워지는 푸른 그늘, 반그림자

캄캄한 벽을 지나 저 햇살에 가 닿을까
점점이 점멸하는 어둠의 눈 치릅뜨고
한 획에 온몸을 실어 차오르는 붉은 새여

소리물고기

세속도시 하수 처리장, 때 절은 목어 한 마리
초록 비늘 다 벗겨져도 물결소리 남아 있다
세상을 슬쩍 비켜서 우기雨期를 그리는 너

물고기 뱃속 같은 창이 없는 빈 방 홀로
어머니 웃는 얼굴 뭉툭해진 손 마디 마디
뜯겨진 실밥을 꿰매 겨울밤을 깁는다

눈두덩 움푹 파인 죽은 눈빛 덧칠하고
화석 같던 입술이 소리를 머금는 날
살아서 몸을 흔들며 하늘연못 뛰어들까

바람 불면 속삭이듯 사각대는 억새같이
텅 빈 뱃속으로 산울림 파르르 울 때
점안點眼된 눈동자 속에 말간 달이 떠오른다

각시붓꽃

지하철 들어서면 냉기 섞인 대리석 위
우툴두툴 손바닥으로 천장 닦는 곡예사
사다리 끝을 밟고서 떨어질 듯 아슬하다

늘어난 손목 인대로 먼지 닦는 여린 몸
밀물을 기다리는 개펄 위 쪽배처럼
모질게 버티다 보면 환한 창 낼 수 있을까

봄비가 잦아드는 노을이 엎드린 저녁
안방에 누운 남편의 선짓국 들고 가는
얼룩진 흰 운동화에 무지개 피어난다

*각시붓꽃 : Iris 희랍어로 '무지개' 라는 뜻.

길

높하늬 거세지는 늦가을 오이도에서
반듯하게 다듬고 싶은 모서리 끝을 돌아
귓가에 파들거리는 네 안부를 묻고 싶다

이름 새기고 돌아서던 오래된 등대 하나
두 손 잡고 총총 걷던 소라껍질 돌다리 건너
물결은 시간을 쓸다 개펄 위에 길을 낸다

떠나고 돌아오는 기다림 그 끝에서
꼬리 무는 전조등이 플래시 터트리듯
늦은 밤, 불을 밝히는 그리움의 발걸음

고양이 바람 달고 질주하는 길모퉁이
가던 걸음 제자리에 돌이 되는 그림자여
어둠에 익숙해져버린 그 눈빛, 여울진다

연어에 관한 꿈이 이루어준 꿈

응모작품을 거듭 퇴고하고 나서 몹시 아팠습니다. 누군가의 가슴에 남는 더 좋은 글을 쓰고 싶었는데, 그렇지 못한 부끄러움과 욕심을 채워주지 못하는 부족한 재능을 탓하면서 온몸이 매우 무거웠습니다. 제 마음에 드리워진 그 무게는 결국 이틀 밤낮을 꼬박 앓게 하였지만 제 마음을 비우게도 하였습니다.

신춘문예를 통과하고 문학에 대한 내공의 키도 훌쩍 자라 시집까지 내게 된다면 모든 사람들이 호응할 수 있는 시조를 쓰리라 다짐했습니다. 이제 그 꿈을 향해 한 발을 내디뎠습니다. 부족한 저에게 꿈의 문을 열어주신 동아일보와 심사위원 선생님께 감사드립니다.

시를 쓴다는 핑계로 거실이며 안방 여기저기 널브러진 책들과 잡동사니들을 기꺼이 눈감아주고, 치워주기까지 한 그이와 아들 지성, 지강을 뜨겁게 포옹해주고 싶습니다. 시조의 세계로 이끌어 주시고 격려를 아끼지 않았던 윤금초 선생님, 시의 깊이를 일깨워 주신 이지엽 선생님, 처음 시조를 접하게 해준 주영숙 선생님께 감사드립니다. 언제나 따뜻한 격려와 관심으로 용기를 북돋워준 민족시사관학교 선배 문우들, 함께 습작한 친구들과 이 기쁨을 나누고 싶습니다.

헛헛한 세상과 쓸쓸한 영혼들을 달래줄 수 있는 글을 쓰기 위해 열심히 나를 채찍질하며 부지런히 주어진 길을 걷겠다는 다짐으로 오늘의 벅찬 희열을 대신합니다.

□동아일보 심사평

낡은 글감 전혀 다른 새것으로 곱게 빚어내

새로 태어나는 모국어를 위해 시조는 오래 숨겨온 가락의 새 목청을 뽑는다. 응모작들에서 껍질을 깨려는 사나운 부리를 본다. 다만 발상의 자유로움과 형식미를 찾아내는 데에 끝까지 돌파하지 못함이 눈에 띄었다. 예년에 비해 당선권에 들어선 작품들이 높은 기량을 갖춰 당선작을 뽑는 데 거듭 읽어야 했다.

당선작 「연어를 꿈꾸다」는 가쁜 숨을 몰아쉬며 시의 모천母川에 이르는 역류가 눈부시다. 회귀를 꿈꾸는 건 연어만이 아니다. 살아 있는 것은 모두 그를 낳아준 어머니의 땅으로 돌아가려 온몸을 던진다. 오래 두고 써 왔던 낡은 글감을 전혀 다른 새것으로 빚는 일이 쉽지 않음에도, 서두르지 않고 시적 대상을 안으로 끌어들여 차분하게 시의 실마리를 풀어가고 있다. 시조의 틀을 거스르지 않으면서 익숙하게 운용해 나가는 힘이나 낱말의 쓰임새도 고르게 놓여 있다. "비로소 바람에 맡겨 눈 감고 몸을 연다"의 매듭이 더욱 빛난다. 그러나 시의 감도를 높이려면 외연보다는 내면의 공간을 좀더 깊이 천착했어야 했다. 지금부터가 출발점이고 시조의 넓은 수면에 역류의 속도를 더욱 내주기를 바란다.

마지막까지 겨뤘던 작품으론 박해성의 「빗살무늬토기」, 배종도의 「청자압형수적」, 황윤태의 「돌아오지 않는 소리」, 설우근의 「흡수불량 증후군」, 배용주의 「자전거는 둥근 것을 좋아한다」 등이 실험정신을 곁들인 탄탄한 역량을 보여줬음을 부기한다.

심사위원 ; 이근배

박성민

1965년 목포 출생
중앙대학교 대학원 문예창작학과 석사과정
2002년 전남일보 신춘문예 시 당선
2009년 서울신문 신춘문예 시조 당선
목포 훈민정음 국어학원 원장

naminam7@hanmail.net

■서울신문/시조
허균

허균許筠

때늦은 여름밤에 그대 마음 읽는다
지금도 하늘에선 칼 씌워 잠그는 소리
보름달 사약 사발로 떠 먹구름을 삼켰다

어탁魚拓처럼 비릿한 실록의 밤마다
먹물로 번져가는 모반의 꿈 잠재우면
뒷산의 멧새소리만 여러 날을 울고 갔다

겨울 산에 서다

잔돌도 뒤척이며 바람 안는 겨울 산
산등성이 절가에선 고양이도 부처인가
졸음에 반만 뜬 두 눈 양지쪽에 좌선한다

눈송이 송이송이 염주알로 쏟아져
동자승이 빗질하다 합장하는 산문 지나
큰스님 냉수 한 사발로 내려지는 죽비 소리

삼천 배로 엎드린 능선과 계곡 사이
눈 덮인 나무들 저린 발로 일어서면
더 깊은 산사 쪽으로 발길 옮기는 겨울 숲

낙숫물 소리에도 잠을 깨어 걷던 나는
겨울 산 어느 어귀에 고단한 나 풀어볼까
고드름 처마 끝에서 동아줄로 내려온다

사도세자에게

그대는 뒤주 속의 그리움을 알았을까
꽉 깨문 이빨 사이로 빠져나간 신음소리
한숨이 젖은 속눈썹 영혼을 적시던 밤

혼자서 지켜내는 사랑은 얼마큼인가
무릎 꿇고 고개 숙여 속죄하던 마음들이
눈 내린 종묘의 뜰에 섬돌로 차디차다

시간의 냇물소리 나직이 듣는 밤에
뒤주 속 갇힌 소리 구중궁궐 적막하고
고독한 실록의 밤에 풍경조차 숨죽인다

단풍

관자놀이 저려온다
저 불을 꺼야 하리
가으내 문풍지에 흔들리던 회한들
퍼렇게 멍든 자위가 이리도 붉어온다

아침마다 붉은 혀에
돋아나는 혓바늘
비로소 떨어지는 낡디낡은 문고리
너에게 달라붙었던 물엿 같은 가을이 간다

화전민火田民

가을날 낡아진 나
화전민이 되어간다
불 탄 자리 재로 날리면 흙 향기에 코 묻고
그대의 세 끼 고봉밥 메밀과 조를 심고 싶다

이랑과 고랑 같은
헤어짐을 다독이며
관솔불 흩날리는 연기 보며 눈물 흘리고
세월이 떠나는 소리 귀머거리로 듣지 않겠다

너와 살던 너와집
나무 잘라 지붕 잇고
우리보다 늙어버린 천동설을 믿어가며
별들의 헐렁한 단추 여며주며 살고 싶다

금남로에서 묻다

깡마른 사내가
침 흘리는 개 끌고 간다
바둥대는 발톱자국
빈 마당에 남겨두고
마지막 울음소리마저
빈 개집에 끊어 놓았다

깎다가 튀어나가는
손톱 같은 비명소리
불안하게 휘청휘청
서 있는 나무 위로
두 귀가 쫑긋한 뒷산
낮달이 컹컹 짖는다

□당선소감 | 박성민

나는 빈 그릇… 절실한 삶의 공간 담을 것

눈이 내립니다. 눈발들의 행간 사이로 멀리 거리가 보입니다. 11월부터 내리기 시작한 눈은 그치고 또 생각난 듯이 내렸지만 마음속에는 항상 눈발이 흩날렸습니다.

신춘문예에 응모하기 보름 전부터 패닉상태에 빠졌습니다. 썼을 때의 만족감에서 벗어나 몇 달이 지나자 제 시에 치렁치렁 걸쳐진 장식물이 보이기 시작했습니다. 긴장감이 떨어지는 시구들, 행간을 매립하는 시구들을 걷어냈습니다. 몇 개의 시어들이 그럴 듯하게 조합된 꼴라쥬를 걷어내자 어떤 시는 단 석 줄만 남기도 했고 아예 사장死藏된 것도 있었습니다. 이러다가 뭘 하나 싶기도 했고, 20대에 겁 없이 원고지 37매에 해당하는 장시를 쓸 때의 그 무모함이 차라리 그리워지기도 했습니다. 불 끄고 누워도 눈꺼풀이 감기지 않았습니다.

"항상 누워만 있던 땅의 일부가 그 지루함을 견디다 못해 어느 날 벌떡 일어선 모습이 가로수"라고 했던 영국 작가 체스터톤의 말처럼 제 스스로가 지루해질 무렵 저는 더 이상 견디지 못하고 다시 일어나 앉았습니다.

눈이 아직도 내립니다. 당선통보를 듣던 오전의 멍했던 기분이 생각납니다. 제 곁에서 항상 변함없는 성원을 보내주는 가족들에게 감사의 말씀을 전합니다. 허형만, 송수권 선생님과 이동하, 이승하 선생님께 머리 숙여 감사드립니다. 이 겨울에도 눈을 맞고 있을 풀잎들, 항상 힘이 돼 주었던 비유와 상징의 시인들, 문창과 학우들에게 고마움의 말을 전합니다.

많은 선생님들과 글벗들과 선후배님들이 곁에 있음으로 하여 오늘이 있음을 잘 압니다. 제 미약한 영혼을 끝까지 놓지 않고 읽어주신 심사위원님들과 서울신문사에 고개 숙여 감사드립니다.

저는 시조를 독학하였으므로 시조에 대해서 첫 스승이 바로 심사위원님들이십니다.

이제 시작일 뿐이라는 것을 잘 압니다. 저는 작은 그릇일 뿐이지만, 그릇의 용도가 모양이 아니라 비어 있음의 공간이라는 걸 깨닫고 절실한 삶의 공간을 제 시조에 담기 위해 더욱더 정진하겠습니다.

압축된 정형미… 탄탄한 짜임새

감상적 아나키에 휩싸인 듯이 감정이 과잉 소비되는 요즘, 쉽게 뜨거워졌다가 다시 쉽게 식어 버리는 마음들이 넘친다. 이처럼 정서의 기복이 심한 초고속 감정의 현대에도 오랜 전통의 시조가 어울리는 까닭은 정형의 틀로 어지러운 생각을 추스르고, 운율 안에 서정이 담긴 고유 미학 때문이다.

올해 서울신문 신춘문예 응모작은 천년 역사를 지닌 시조의 현대적 진화를 개척하고 있다. 그런 만큼 당선작을 1편이 아니라 20편 가량 선정하고 싶을 만큼 수준 높은 완성도를 보였고, 시적 호흡을 길게 하면서도 짜임새를 잃지 않은 3~5수에 이르는 작품들이 많았다. 정형시의 구성을 지키면서 저마다의 해석을 가미하여 운율의 묘미를 살렸고, 글감의 다양성이 발상의 실험에 그치지 않고 노련한 창작으로 이어져 현대 시조에 대한 이해가 새로워지고 있음도 확인되었다.

당선작 박성민의 「허균許筠」은 무엇보다 압축된 정형미가 돋보인다. 3수 이상이 주를 이루는 응모작들 사이에서 「허균許筠」은 2수로 되어 다소 간결하게 보이나, 구성의 부피감과 상관없이 탄탄한 짜임새가 작품 전반에 힘을 실어 주고 있다. 역사 속의 인물 '허균'을 소재로 삼으면서 이야기 서술로 흐르지 않고 내적으로 승화시켜 역량을 발휘하며, 빼어난 이미지 형상화까지 더해져 시조의 품격과 날카로운 감수성을 함께 갖춘 절창이다.

최종심에 오른 김문정의 「환한 그늘」, 최순섭의 「가을 흰 나비」, 황윤태의 「외도, 보타니아의 저녁」, 천강래의 「겨울비-어느 탈북 미망인」, 방승길의 「흙 한 줌도 뜨거운,-무용총 수렵도」 또한 남다른 착상의 시어와 매끄럽게 재단된 표현이 뛰어난 연륜을 보였다. 다만, 심상의 이미지 전환, 그리고 각각의 연과 언어의 흐름이 만들어 내는 시적 리듬에 있어 아쉬움을 남겼다. 이들과 더불어 응모작들 편편마다 시조의 밝은 앞날을 예시하고 있는 것이 장르의 기쁜 수확이라 여겨진다.

심사위원 : 이근배 · 한분순

박솔아

본명 : 박미자
1965년 경북 영덕군 출생
제32회 샘터시조상 장원
2007년 유심 시조백일장 장원
2008년 중앙일보 시조백일장 6월 장원
월간 《좋은생각》 공모, 제2회 생활문예대상 금상 수상
한국방송통신대학 유아교육과 졸업
현재 한우리 독서 · 논술 지도사
2009년 부산일보 신춘문예 시조 당선

sunshin080@hanmail.net

■부산일보/시조

그해 겨울 강구항

그해 겨울 강구항

극劇 끝난 화면처럼 다 쓸린 해안선 따라
더 이상 참지 못해 안부 묻는 비릿한 초설初雪
복사뼈 아려오도록 길을 모두 감춘다

흰 이빨 드러낸 파도 밤새 기침 해대고
사연 낚는, 집어등 즐비한 환한 횟집
화끈히 불붙는 소주로 동파의 밤 데워간다

가출한 갈매기 떼 돌아오는 아침이다
풍향계 돌려대는 바람은 신선하고
풀리는 뿌연 입김에 인화되는 흑백 한 컷

오후 거리를 걷다

화면이 겹쳐지는 채색된 오후의 거리
가면을 벗어 든 군상 뗏목처럼 떠밀려간다
그 틈새 들썩거리는 이어폰족 어깨춤

엄지가 연출하는 힙합 은어 ㅋㅋㅎㅎ
문자의 전성시대 지문조차 다 닳겠다
대화의 유일한 통로 껌벅대는 실소미소

거리에서 파도 타는 롤러브레이드 곡예비행
쇼윈도 마네킹은 밤외출을 서두르고
불야성 네온사인이 시선 온통 붙들어 맨다

월동 준비

대봉감 켜든 등이 하늘 커튼 걷어놓으면
땀 영근 보람으로 풍요가 물결친다
갓 뽑은 싱싱한 무 배추 마당가에 쌓이고

창호지 떨림판 사이 시린 바람 들락댄다
열 오른 전기스토브 옆눈길 흘겨대고
처마 끝 대롱 매달린 메주덩이 정겹고

고깔 쓴 짚더미가 섬처럼 쭈뼛 떠 있는 들판
동장군 슬금슬금 무서리로 포복하고
소여물 끓이는 아궁이 군고구마 익는 냄새

미닫이 꼭꼭 닫힌 불빛 새는 마을 회관
빗금 치는 싸락눈 너머 윷판소리 드높아간다
선벽한 동치미 한 사발 쭉 들이켜는 겨울밤

DMZ

민통선 가시철망에 설한풍이 몰려오면
샘통* 찾아 날아드는 철새 떼 요란하고
긴장된 초병의 시선 망원경을 돌려댄다

꽃씨는 바람 따라 경계 없이 떠돌고
야무진 텃새 멧새 국경선을 넘나든다
조금씩 헐리는 동토 꽃필 날도 다가온 듯

눈 펄펄 축복인 양 평야는 가설무대
왜가리 재두루미 기품 있게 내려앉아
화합의 날갯짓으로 너울너울 춤을 춘다

한 철 겨울을 나고 먼 여정 펼칠 진객
변해 갈 산하 곳곳 둘러보고 오는 날엔
녹슬은 철책마디도 기념품이 되겠다

*샘통 : 비무장지대에 있는 샘으로 한겨울에도 온천수가 흘러 얼지 않는 곳.

퇴근

저 나무 좀 보아 춤을 추고 있잖아
흔들흔들 몸 낮추어 푸른 손 내밀면서
온종일 갈앉은 기분 깃털 후후 날려댄다

거북이 걸음으로 러시아워 차량행렬
빨간불 가시에 찔려 눈 크게 찡그리고
보행자 반긴 초록등 딩동딩동 푸루루루

삐죽 내민 초승달이 번호키 눌러댄다
힘겨운 무게만큼 어둠이 짙어지면
등댓불 밝힌 창가에 고뇌하는 생의 일기

풍경 소리

1. 자목련
누구를 만나려고 화장을 고쳐가며
큼직한 젖무덤도 출렁이다 이는 불길
보란 듯 월담하고서 어디론가 가고 있다

2. 삶이란
아스팔트 좁은 틈새 발붙인 꼬마 풀꽃
숨막힌 매연에도 아랑곳하지 않고
삶이란 이런 거라고 눈빛 맑혀 주었다

3. 재개발 지대
아늑한 둥지마다 회오리 몰아친다
폭풍은 일어나서 폐허로 쓸린 빈 터
무너진 벽돌 틈새에 떨고 있는 담쟁이 손

4. 개나리
봄 여는 울타리에 낚싯줄 담근 가지
잔잔한 수면 위로 입질이 잦아지면
몰려든 금빛 물고기 퍼득이며 올라온다

5. 빨래를 개며

땀내음 기름냄새 쏙 빠진 가슬한 옷
꺾어진 팔다리를 쭉쭉 펴서 다독이면
손끝의 포근한 감촉 가족 얼굴 겹쳐온다

정진의 자세 잃지 않겠습니다

코끝이 싸한 삶을 연출하던 무대의 바다. 납작하게 엎드린 한 어촌을 집어삼킬 듯, 산만큼이나 배가 불러오던 아침해.

손 마디마디 옹이진 늙은 어부는 찬바람 마시며 아직도 찢어진 그물코를 꿰매고 있을까. 아득하지만 생생한 빛바랜 흑백 필름 몇 컷을 되돌려 보면 아픔으로 잘려나간 NG 없는 단편적인 부분들, 아 아버지……. 이제 고향엔 가지 않으리.

춥다. 만나는 사람마다 힘들고 어렵다고들 한다. 하지만 우리에겐 그래도 살아볼 만한 이 땅이 아닌가. 정녕 우리를 춥게 하는 건 삶의 구차함이 아니라 사람과 사람 사이에 돋아나는 불신의 독소일 것이다.

정신없이 돌아간 묵은해의 몇 달 동안 따뜻하게 손 내밀어 준 여러 지인님, 학부모님, 늘 부모님을 대신한 큰언니, 고맙습니다. 그리고 극한 상황에서도 제 역할을 잘 해준 다혜 병곤아! 우리 모두 아빠의 빠른 쾌유를 빌자.

문학의 허기 앞에 목을 축여준 울산 남부도서관 문예창작반 선생님, 〈늦문학〉 〈글쌈〉 선후배님, 무엇보다 설익은 작품을 선해주신 심사위원님께 정진의 자세 잃지 않겠다는 말로 인사를 대신합니다.

제일 먼저 당선 소식을 전해주신 기자님! 소띠해는 분명 희망입니다.

시어 선택 신선하고 표현 뛰어나

현대시조 100년이 지난 오늘 시조가 현대시의 그것과 결코 다르지 않음은 금년 부산일보 신춘문예 시조 응모작품들에서도 공통적으로 나타난 현상이었다. 결코 자유시에 못지않은 비유와 상징은 우열을 가리기 힘들 만큼 높은 수준이었다.

최종 당선권으로 압축된 작품은 천강래 「노고단, 어느 날」, 김상민 「쇠똥구리」, 전해수 「겨울 꽃밭」, 변경서 「써래질하는 사내」, 이태호 「그 해 달월역」, 배승우 「봉숭아」, 나동광 「무화과나무 아래서」, 조명수 「옹관 속으로」, 송필국 「낡음에 대한 경의」, 박해성 「그리운 사과에게」 그리고 당선작으로 뽑힌 박미자 씨의 「그해 겨울 강구항」이었다.

이 중 김상민, 이태호, 전해수, 변경서, 나동광, 송필국 씨의 작품이 완성도 면에서 제외되었고, 배승우, 조명수 씨의 작품 역시 음보의 불확실성이 지적되었다. 마지막으로 천강래 「노고단, 어느 날」, 박해성의 「그리운 사과에게」, 박미자 「그해 겨울 강구항」은 우열을 가리기 힘들 만큼 시적 성숙도가 다른 작품들에 월등 앞서 있었다. 그러나 박해성 씨와 천강래 씨의 경우 안정감은 있었으나 시를 끌고 가는 힘이 당선작에 비해 다소 부족했다.

당선작 「그해 겨울 강구항」은 다소 언어의 상충성이 없지는 않았으나 시어 선택이 다른 응모자의 작품들보다 신선하고 첫 수와 셋째 수 종장 표현을 현대시조의 시학적 관점에서 높이 평가했다. 당선자에게 축하와 함께 깊은 신뢰를 보낸다.

심사위원 : 유재영

배우식

1952년 충남 천안 출생
2003년 중앙대학교 예술대학원 졸업
2009년 조선일보 신춘문예 시조 당선

nicebird@naver.com

■조선일보/시조
인삼반가사유상

인삼반가사유상

1
까만 어둠 헤집고 올라오는 꽃대 하나,
인삼 꽃 피어나는 말간 소리 들린다.
그 끝을 무심히 따라가면 투명 창이 보인다.

2
한 사내가 꽃대 하나 밀어 올려 보낸 뒤
땅 속에서 환하게 반가부좌 가만 튼다.
창문 안 들여다보는 내 눈에도 삼꽃 핀다.

무아경, 온몸에 흙물 쏟아져도 잔잔하다.
깊고 깊은 선정삼매 고요히 빠져 있는
저 사내, 인삼반가사유상의 얼굴이 환하게 맑다.

3
홀연히 진박새가 날아들어 묵언 묻다.
산 너머로 날아간 뒤 떠오르는 보름달,
그 사내 침묵의 사유가 만발하여 나도 환하다.

칸나꽃남자

1
느닷없이
초록의 앞가슴이 팽창한다.
우르르
마그마가 왈칵왈칵 솟구치자
한 사내
울부짖듯이 용암을 토해낸다.

2
바람이
엉겁결에 불꽃 위에 앉으려다
발바닥이
데인 듯 화들짝 뛰어오른다.
그래도
나, 저 불길에 확! 옮겨 붙고 싶다.

3
활화산,
저 사내 시마詩魔 걸린 그 마음에
투명한

날개 달자 화르르 날아오른다.
바닥에
몇 줄 남기고 간 문장이 붉은 꽃빛이다.

가을 풍경

1
단풍나무 앞장서서 발보이는 색바람을

흘기죽죽 흘겨보며 옥생각 하다가도

어느새 깨다듬고는 발맘발맘 뒤따른다.

2
가을밤 감나무가 우듬지에 달 내걸자

귀뚜리 뼈물고 공중제비 뛰어오른다.

둥근 달 또르르 또르 환하게 노래한다.

3
붓방아 찧어가며 애면글면 태우는 속

가을이 뚜벙 들어와 알심으로 한 올 진다.

신명난 어깻바람에 우주가 들썩, 한다.

어느 노부부의 사랑법

강화장날 친구 만나 건배하는 할아버지
거나해진
벚나무도 연분홍 꽃 만발이다.
장터를 돌고 돌던 발길이 빵집 앞에 문득 선다.

등에 걸친 햇살 옷이 어느덧 노을빛이다.
찐빵을
품고 가는 가슴에는 등불 켜지고
밤길을 걸어가는 할아버진 어두워지지 않는다.

마중 길, 할머니는 어둠 속 멀리 보려고
잠망경처럼
꽃대 올린 민들레를 이고 간다.
이윽고 할아버지 눈 속으로 할머니가 뛰어든다.

집으로 가는 길은 정도 더 도타워진다.
둥글둥글
찐빵 하나 먹여주는 할아버지
어느새 할머니는 사라지고 만월 하나 떠 있다.

슈퍼스타 무동

1

눈길을 확, 잡아끄는 화첩 속의 그림 하나.
무동도*가 날 싣고 날아간다. 상상세계로,
그곳에
미리 와 있던 풀꽃들이 환하게 반겨준다.

2

공연장, 무대 위에 둘러앉은 여섯 악사.
삼현육각 풍악소리 절정에 다다르자,
푸르른
바람소리 내며 저 무동이 가락 탄다.

눈길은 아래쪽에 오른 발은 살짝 들고,
연둣빛 소매 끝을 위로 휙휙 휘날린다.
흥겨운
춤사위 장단에 관객들은 환호작약!

3

무동 향해 꽃대 뻗는 수천만의 민들레들,
슈퍼스타! 슈퍼스타! 환성 지르는 관중이다.

나, 벌써
민들레 되어 손 뻗듯
꽃대 뻗으며
열광한다.

*단원 김홍도의 풍속화.

감나무교향악

1

녹색 옷, 새 옷 입은 저 감잎 연주자들
깊숙이 간직해온 관현악기 꺼내 들고
단박에
조율하느라 어깨마다 들썩댄다.

2

우듬지 새 줄기가 신호처럼 올라가자
폭풍 치듯 격정적인 연주가 시작된다.
화들짝,
놀란 별들이 조명을 한층 높인다.

3

새 떼처럼 날아오른 선율이 폭발하고
감꽃들 뛰어나와 불꽃 뿜듯 합창한다.
혼연히
한데 어우러져 악보 위를 휘달린다.

4

교향악 저 속으로 나, 풍덩 뛰어든다.

메마른 내 몸에서도 환희열매 열리고
합주로
발그레 익은 홍시를 등불처럼 하늘에 건다.

ㅁ당선소감 | 배우식

시조만을 껴안고 살아온 지난날들…

신춘문예 당선! 전화기를 잡은 내 손에는 어느새 햇살이 가득 쥐어져 있었습니다. 내 마음 너무 환해 잠시 머뭇거리다 조심스럽게 한 발짝을 옮기며 잠깐 뒤를 돌아봅니다. 3년 전 우연히 서점에서 시조집 몇 권을 읽으면서 나는 약간의 제한된 틀 속에 자신을 구심점으로 모아 담는 현대시조의 매력에 빠져들기 시작했습니다.

그날 밤 집으로 가는 길에는 달 같은 시조와 함께 환하게 걸었습니다. 접었다 일시에 날개를 펼치고 비상하는가 싶다가도 어느새 시행에 다시 앉아 날아오를 자세를 취하는 긴장과 절제의 시조는 내게 정말 매력 덩어리였습니다. 꿈속에서조차도 여백의 미에 흠뻑 빠져 있는 내 삶은 온통 시조뿐이었습니다. 시조만을 껴안고 살아온 지난 시간들, 오늘은 시조가 나를 껴안아줍니다. 이제 다시 한 발짝을 옮기며 고마우신 분들의 이름을 가만히 불러봅니다.

존경하는 문덕수 선생님과 따뜻하게 격려해주시는 김규화, 최은하 선생님, 시조의 세계로 맨 처음 이끌어주신 윤금초 선생님, 고맙습니다. 열정적으로 가르침을 주시는 감태준, 이승하, 박제천 선생님, 늘 응원해주시는 이동희, 김명배, 박숙희 선생님에게 감사를 드립니다. 두 손 가득 환한 햇살을 쥐어주신 심사위원 이근배 선생님께 큰절을 올립니다. 친구 송병록님, 변학섭님, 유경님, 그리고 격려해주신 모든 분들께 고마움을 전합니다. 이렇게 고마움을 전할 수 있어서 오늘, 참 기쁩니다. 이 기쁨을 아내 박영자님, 아들 현성, 현중과 함께하고 싶습니다.

잘 구워낸 소리와 빛깔

오늘의 시조가 어디까지 왔는가는 신춘문예 응모작품들이 내비게이션으로 보여준다. 분명한 것은 시조가 앞으로 나아가는 발걸음이 빨라지고 행렬이 늘어간다는 사실이다. 아직도 모국어의 경작을 꿈꾸는 천재들이 시조에 눈을 돌리거나 형식을 자기의 것으로 만드는 일에 더 가까이 다가가고 있지 않은 속에서 새 모습의 시조를 들고 나오는 신인을 만날 때 그 기쁨은 더하게 된다.

장은수 씨의 「새의 지문」, 변경서 씨의 「일몰 앞에서」, 배종도 씨의 「천마도장니」, 배우식 씨의 「인삼반가사유상」이 각각 새맛내기의 솜씨를 보인 작품들이었다. 「새의 지문」은 암사동 선사유적지에 있는 빗살무늬토기에서 새 한 마리를 꺼내들고 시간과 공간을 누비고 있는데 그만큼 한 깊이와 무게를 채우는 데 틈이 있었다. 「일몰 앞에서」는 지는 해가 연출하는 스펙터클을 강렬한 채색으로 그리고 있으나 사람의 그림자가 깃들어 있지 않음이 걸렸다. 「천마도장니」는 너무 사실史實에 매달려 더 넓은 시야를 갖지 못했음이 시를 가두었다.

당선작 「인삼반가사유상」은 오래 흙 속에서 사람의 모습을 하고 태어난 인삼뿌리에 생각을 입혀서 소리와 빛깔을 알맞게 구워내고 있다. 쉽게 찾아지지 않는 글감을 골라 자연의 섭리와 인간의 사유를 명징한 이미지로 엮어내는 시적 기량이 믿음직스럽다. 앞으로 붓끝을 더 날 세워 시조의 틀을 새롭게 짜고 시상의 자유로움을 열어가기 바란다.

심사위원 : 이근배

새로운 시인

《시인세계》 신인작품 공모

계간 《시인세계》는 국내 문학 잡지사상 처음으로 온라인 신인작품 공모를 기존의 신인작품 공모와 병행하여 실시합니다. 온라인 신인작품 공모는 작품 투고자의 편의를 도모하고 예심과정을 투명하게 공개함으로써 시인의 길을 걷고자 하는 많은 분들에게 자신의 수준을 스스로 가늠케 하는 제도라 할 수 있습니다. 한국 현대시의 내일을 이끌어갈 새로운 시인, 당당하고 신선한 신인의 출현을 기다립니다.

◆ 응모작 : 시 10편 이상

◆ 작품모집 마감 : 연 2회
전기 : 매년 1월 25일(봄호) / 후기 : 7월 25일(가을호)

◆ 발표 : 전기는 봄호, 후기는 가을호에 발표합니다.

◆ 우편으로 응모하실 분은 봉투에 〈신인작품 공모〉 표시를 바랍니다. 응모작품은 반환하지 않습니다.

◆ 온라인응모 : ①시인세계 홈페이지(www.seein.co.kr)에 접속.
②상단의 신인 작품공모 클릭. ③하단의 온라인 작품공모 클릭.
④온라인 공모 게시판에 10편 이상의 작품을 한개의 파일로 올림.

◆ 심사 : 본지에서 위촉하는 시인과 평론가들이 심사.

◆ 예우 : 당선시인에게는 특별원고료(100만원) 지급.

◆ 유의사항 : 응모작품과 간단한 약력과 연락처를 첨부.

◆ 보낼 곳 : 《시인세계》 편집부
서울시 마포구 신수동 345-5 문학세계사 (121-110)
전화 702-1800 / 팩스 702-0084 / 이메일 seein@seein.co.kr

〈시〉 강지희 김은주 민구 양수덕 이우성 임경섭 정영효 조원 최정아
〈시조〉 김보람 김영희 박성민 박솔아 배우식

2009년 신춘문예 당선시집

초판 1쇄 발행일 2009년 1월 15일

지은이 · 강지희 외
펴낸이 · 김종해
펴낸곳 · 문학세계사
이메일 · mail@msp21.co.kr
홈페이지 · www.msp21.co.kr
www.seein.co.kr(계간 시인세계)
주소 · 서울시 마포구 신수동 345-5(121-110)
대표전화 · 02) 702-1800 | 팩시밀리 · 02) 702-0084
출판등록 제21-108호(1979. 5. 16)

값 9,000원

ISBN 978-89-7075-448-2 03810